Eva Maria Hoffmann

Die wahre Liebe von Ludwig Bosch

Eva Maria Hoffmann

Die wahre Liebe von Ludwig Bosch

Roman

Biographische Informationen der Deutschen Nationalbibliothek:
Die Deutsche Nationalbibliothek verzeichnet diese Publikation in der Deutschen Nationalbiographie; detaillierte biographische daten sind im Internet über dnb. dnb. de abrufbar.

Verlag: BoD · Books on Demand GmbH, In de Tarpen 42, 22848 Norderstedt, bod@bod.de

Druck: Libri Plureos GmbH, Friedensallee 273, 22763 Hamburg

ISBN: 978-3-7693-5419-5

Inhaltsverzeichnis:

Personenverzeichnis:

Linda Lenz/ später:Oswald
Bernd Oswald
Ludwig Bosch
Anna Mertens/ später Bosch und Töchter
Michael Lenz, Sohn von Linda und Ludwig
Jeanette Wanner und Kinder Robert und Ilse
Monika Seibold mit Familie
Pohl Alfred, Elektromeister
Bettina Ahrens, Kindermädchen
Benno Arnold
Bedienstete und Haushälterin Olga
Pförtner Alfons
Chauffeur Gottlieb
Köchin Berta
Fr. Plaschke, Vermieterin
Heinz Krämer, Oberfeldwebel

1. Eine unsterbliche Liebe

Berlin, 31. Dezember 1938

Die Nacht war kalt, doch in den Straßen Berlins war von der winterlichen Kälte nichts zu spüren. Menschen strömten in Scharen hinaus, um das alte Jahr zu verabschieden und das Neue willkommen zu heißen. Im Gasthaus Krone, einem beliebten Tanzlokal mit einem großen Saal und schwingendem Parkett, drängten sich die Gäste. Der Klang eines Tango erfüllte den Raum, als Ludwig Bosch, ein junger Leutnant mit entschlossenem Blick, die blonde Frau am Tisch in der Ecke entdeckte.

„Jetzt oder nie", murmelte er leise vor sich hin und strich seine Uniform glatt. Er war es gewohnt, entschlossen zu handeln, doch diese Frau hatte etwas an sich, das ihn zögern ließ. Ihre halblangen, lockigen Haare glänzten im Licht der Kronleuchter, und sie lachte über eine Bemerkung ihres Begleiters.

Ludwig fasste sich ein Herz, ging zu ihr hinüber und verneigte sich leicht. „Darf ich um diesen Tanz bitten?" Seine Stimme war ruhig, aber ein Funken Nervosität schwang mit.

Die Frau sah überrascht auf, dann huschte ein Lächeln über ihr Gesicht. „Warum nicht? Es wäre ja schade, den Abend ohne einen Tanz zu verbringen."

„Ludwig Bosch", stellte er sich vor, als er ihre Hand nahm.

„Linda Lenz", erwiderte sie mit einem leichten Kopfnicken.

Sie betraten die Tanzfläche, und die Musik wechselte zu einem Charleston. Die beiden begannen zu tanzen, und Linda war überrascht, wie gut Ludwig den Rhythmus hielt. „Nicht schlecht, Herr Leutnant", neckte sie ihn.

„Ich versuche, mich nicht zu blamieren", scherzte Ludwig. „Außerdem habe ich eine gute Tanzpartnerin."

In einer Ecke des Saals wurde es lauter, als einige angetrunkene Männer anfingen, zu grölen und sich auf die Tanzfläche zu drängen. Ludwig bemerkte sie und zog Linda mit einer geschickten Bewegung zur Seite.

„Wollen wir etwas frische Luft schnappen? Hier wird es etwas ... lebhaft", schlug er vor.

Linda nickte, und sie verließen den Saal. Draußen umfing sie die kalte Berliner Nacht. Ludwig zog seine Uniformjacke aus und legte sie über Lindas Schultern.

„Vielen Dank, wie galant", sagte Linda schmunzelnd.

„Es wäre mir eine Schande, eine Dame frieren zu lassen." Ludwig musterte sie. „Darf ich erfahren, was Sie hierherführt? Ich schätze, Sie sind keine gewöhnliche Tänzerin."

„Richtig geraten", antwortete Linda. „Ich bin Schauspielerin. Morgen habe ich einen kleinen Auftritt im Schillertheater. Es ist nur eine Nebenrolle, aber ich freue mich sehr darauf."

„Das klingt beeindruckend! Gibt es noch Karten? Ich würde Sie gern sehen", sagte Ludwig begeistert.

„Ich bin mir nicht sicher, ob es noch welche gibt, aber ich werde am Eingang eine für Sie hinterlegen lassen, falls es möglich ist", versprach Linda.

„Das nehme ich dankend an."

Sie lächelte, und für einen Moment schien die Kälte vergessen. Schließlich kehrten sie in den Saal zurück, wo die Silvesterraketen um Mitternacht den Himmel erhellten. Ludwig hob sein Glas Sekt und sah Linda an. „Auf das neue Jahr – und neue Bekanntschaften."

„Auf das neue Jahr", erwiderte Linda, und ihre Gläser klangen aneinander.

Der Abend endete spät. Ludwig begleitete Linda zu ihrer Wohnung in Kreuzberg, wo sie bei einer strengen Vermieterin zur Untermiete wohnte. „Bis morgen Abend also", sagte er und hielt ihre Hand etwas länger, als nötig gewesen wäre.

„Bis morgen", flüsterte Linda.

2. Beginn des Zweiten Weltkriegs

Berlin, Januar 1939

Die Tage nach Silvester waren für Linda und Ludwig erfüllt von Begegnungen, die sie einander näherbrachten. Doch die Welt um sie herum wurde immer düsterer. Die Straßen Berlins waren überflutet von Parolen und Propaganda. Hakenkreuzfahnen wehten an jeder Ecke, und die Stimmung im Land war angespannt.

Eines Abends saßen Linda und Ludwig in einem kleinen Café, einem ihrer Lieblingsorte. Der Duft von frisch gebrühtem Kaffee hing in der Luft, während der Wind draußen die Fensterscheiben klirrend erschütterte.

„Weißt du, ich habe manchmal das Gefühl, dass alles um uns herum zusammenbricht", sagte Linda und rührte gedankenverloren in ihrer Tasse.

Ludwig sah sie an, seine Stirn in Sorgenfalten gelegt. „Es sind schwere Zeiten, Linda. Aber wir müssen daran glauben, dass es besser wird."

Linda hielt inne, dann hob sie den Blick. „Ludwig, ich muss dir etwas sagen."

„Natürlich. Was bedrückt dich?"

„Meine Mutter ... sie war Jüdin", flüsterte Linda, ihre Stimme zitterte leicht. „Ich habe es bisher niemandem

12

erzählt, aus Angst. Aber ich vertraue dir."

Ludwig nahm ihre Hand. „Du hast nichts zu befürchten, solange ich bei dir bin." Seine Stimme war ruhig, doch innerlich kämpfte er mit seinen eigenen Ängsten.

„Aber was, wenn sie es herausfinden? Was, wenn ..."

„Nein", unterbrach er sie sanft. „Wir werden einen Weg finden. Ich lasse nicht zu, dass dir etwas passiert."

Linda nickte dankbar, doch die Unsicherheit blieb in ihren Augen.

Die Monate vergingen, und die politische Lage spitzte sich weiter zu. Ludwig wurde immer häufiger zu langen Übungen einberufen, und Linda versuchte, ihre Schauspielkarriere fortzusetzen. Doch die Vorzeichen des Krieges waren allgegenwärtig.

Am 1. September 1939 kam schließlich die Nachricht, die alles veränderte. Ludwig saß mit Linda in ihrer kleinen Wohnung, als ein lautes Klopfen die Stille durchbrach.

„Ich mache auf", sagte Linda, während Ludwig sich erhob.

Ein junger Soldat stand an der Tür und salutierte knapp. „Leutnant Bosch, Ihre Befehle."

Ludwig nahm das Schreiben entgegen und las es mit

versteinerter Miene.

„Was steht drin?" fragte Linda, ihre Stimme vor
Anspannung leise.

Ludwig blickte auf, seine Augen voller Schmerz. „Ich
muss an die Front. Polen."

„Nein ...", flüsterte Linda. Ihre Hände zitterten, als sie
ihn umfasste. „Das ist Wahnsinn, Ludwig. Was,
wenn ..."

Er zog sie in eine feste Umarmung. „Ich komme
zurück, Linda. Das verspreche ich dir."

„Du kannst das nicht versprechen", sagte sie, und
Tränen liefen ihr über die Wangen.

„Aber ich kann es versuchen", flüsterte er und hielt
sie fest, als wollte er sie nie wieder loslassen.

Am nächsten Morgen verabschiedeten sie sich am
Bahnhof. Der Zug dampfte, und Soldaten in
Uniformen drängten sich auf das Gleis. Linda stand
dicht bei Ludwig, hielt seine Hände, als wären sie ihr
einziger Halt.

„Schreib mir, so oft du kannst", sagte sie.

„Das werde ich", antwortete er. „Und du? Versprich
mir, dass du weitermachst. Geh ins Theater, arbeite an
deinen Träumen. Lass dir das nicht nehmen."

„Ich werde es versuchen", flüsterte sie.

3. Ludwigs innere Kämpfe

Der Zug war längst in der Ferne verschwunden, aber in Lindas Gedanken war das Bild von Ludwig, wie er aus dem Fenster winkte, noch lebendig. „Komm gesund zurück", hatte sie ihm zugerufen, ihre Stimme zitternd vor Angst und Hoffnung. Doch Ludwig selbst konnte diese Hoffnung kaum teilen.

An der Ostfront war die Realität unerbittlich. Der Krieg hatte begonnen, und die Befehle kamen ohne Unterlass. Der erste Angriff auf Polen am 1. September 1939 war eine Machtdemonstration gewesen: Bomben, Schüsse, Tod. Ludwig stand mit seinen Kameraden in Formation, die Hände zitterten leicht unter der Last seines Gewehrs. Die Schreie der Zivilbevölkerung hallten in seinen Ohren, und er spürte, wie sich ein tiefer Widerwille in ihm regte.

Eines Abends, in einer kurzen Pause zwischen den Einsätzen, saß Ludwig allein in einem Unterstand und schrieb an Linda.

„Meine liebste Linda,
ich hoffe, es geht dir gut und du findest ein wenig
Freude in deinem Alltag. Hier ist die Welt dunkel,
und ich frage mich oft, ob ich jemals wieder die
Sonne sehen werde – nicht die, die am Himmel
steht, sondern die, die in dir scheint. Ich wünschte,
ich könnte dir schreiben, dass alles in Ordnung ist,
aber das wäre eine Lüge. Der Krieg ist hässlich,

**Linda. Die Befehle, die ich ausführen muss,
widersprechen allem, was ich für richtig halte.
Doch ich habe keine Wahl. Manchmal denke ich,
ich verliere mich selbst in diesem Wahnsinn. Aber
dann erinnere ich mich an dich, an dein Lächeln,
und es gibt mir die Kraft weiterzumachen.
Ich liebe dich. Dein Ludwig.“**

Er legte den Stift beiseite und starrte auf das Blatt
Papier. Würde sie je verstehen können, was er hier
durchmachte? Er selbst konnte es kaum begreifen.

Am nächsten Morgen kam der Befehl, eine Gruppe
polnischer Juden zu registrieren und in Güterwaggons
zu verladen. Ludwig fühlte, wie sein Magen sich
zusammenzog. Sein Vorgesetzter, ein fanatischer
Anhänger der NSDAP, blickte ihn streng an. „Bosch,
Sie übernehmen die Liste. Keine Diskussionen.“

Ludwig schluckte und nickte knapp. „Jawohl, Herr
Hauptmann.“

Als die Menschen vor ihm aufgereiht standen –
Männer, Frauen, Kinder –, spürte er die kalte Schwere
seiner Befehle. Eine ältere Frau mit silbergrauem
Haar sah ihn direkt an. Ihre Augen waren voller
Trauer, aber auch voller Stolz.

„Warum tun Sie das?“ fragte sie leise.

Ludwig öffnete den Mund, aber kein Wort kam
heraus. Schließlich sagte er nur: „Es tut mir leid.“

Die Frau nickte, als hätte sie genau diese Antwort erwartet.

In der Nacht konnte Ludwig nicht schlafen. Die Gesichter der Menschen verfolgten ihn, ihre Blicke, ihre Stimmen. Er wusste, dass er nichts hätte ändern können, aber das machte es nicht leichter.

Später, als er erneut an Linda schrieb, ließ er seiner Verzweiflung freien Lauf:

„Linda, ich habe heute etwas getan, das ich niemals vergessen kann. Sie sagen, es sei für das Vaterland, aber ich sehe nur den Schmerz, den wir verursachen. Ich bin ein Soldat, aber kein Mörder. Manchmal wünsche ich mir, ich könnte einfach davonlaufen, aber ich weiß, dass sie mich jagen und töten würden. Was soll ich tun? Bitte, Linda, halte durch – für uns beide. Ich brauche die Hoffnung, die du mir gibst.“

Ludwig fühlte, wie seine Überzeugungen bröckelten, wie die Ideale, die er einst hatte, von der rauen Realität des Krieges zerstört wurden. Doch ein Teil von ihm hielt an Linda fest, an der Möglichkeit, dass es jenseits dieses Chaos' eine Zukunft gab – für sie beide.

4. Die Front und innere Konflikte

Der Krieg hatte Ludwig Bosch vollkommen verändert. Als Leutnant war er dem ideologischen Führungsstab der Wehrmacht untergeordnet, doch innerlich spürte er immer stärker, dass er nicht hinter den Befehlen stand, die er ausführte. Jede Anweisung fühlte sich an, als würde ein weiterer Stein auf seine Seele geladen.

Nach einem besonders harten Tag, an dem er die Verladung jüdischer Familien in Güterwaggons überwachen musste, saß er spätabends alleine in einem Schützengraben. Der Regen prasselte unaufhörlich, und der Boden unter ihm war eine matschige, eiskalte Masse. Seine Hände zitterten, nicht nur vor Kälte, sondern auch vor dem Widerstreit in seinem Inneren.

„Warum tun wir das?" murmelte er vor sich hin. „Wie lange kann ein Mensch so etwas ertragen?"

Sein Kamerad und enger Vertrauter, Oberfeldwebel Heinz Krämer, schob sich neben ihn. „Ludwig, du redest wieder mit dir selbst. Was ist los?"

Ludwig schüttelte den Kopf. „Es ist nichts, Heinz. Schlaf einfach."

Heinz ließ nicht locker. „Du machst dir zu viele Gedanken. Wir haben keine Wahl. Gehorche oder ..." Er zog eine durchdringende Geste über seinen Hals.

„Das ist unser Leben jetzt."

„Und wenn ich das nicht mehr will? Wenn ich diese
Befehle nicht mehr ausführen kann?" Ludwigs
Stimme war heiser, als würde sie unter der Last seiner
Worte zusammenbrechen.

Heinz seufzte. „Dann betest du, dass dieser
verdammte Krieg bald vorbei ist. Und bis dahin denk
an irgendwas Schönes. Deine Frau, deine Familie ...
was auch immer dich am Leben hält."

Ludwig sah Heinz an, dann blickte er in die Ferne.
„Linda. Sie ist alles, woran ich denken kann."

5. *Linda und ihre Flucht*

Während Ludwig an der Front war, änderte sich Lindas Leben radikal. Die Neuigkeiten über ihre Schwangerschaft hatten sie mit Freude, aber auch mit Angst erfüllt. Die politische Lage in Deutschland war für eine Frau mit jüdischen Wurzeln unerträglich geworden. Ihre Freundin Monika Seibold hatte sie überzeugt, dass eine Flucht die einzige Möglichkeit war.

„Linda, du kannst nicht hierbleiben", sagte Monika eines Nachmittags, während sie in Lindas kleiner Küche saßen. „Wenn sie herausfinden, wer deine Mutter war ... du musst weg."

„Aber wohin? Ich kenne niemanden außerhalb Deutschlands", flüsterte Linda, ihre Hände zitterten, als sie die Teetasse hielt.

Monika legte ihre Hand auf Lindas. „Meine Tante in Bern. Sie wird dir helfen. Sie hat genug Platz und wird dich aufnehmen, bis das Baby da ist."

„Das Baby ...", wiederholte Linda leise und legte schützend die Hand auf ihren Bauch. „Wie soll ich Ludwig sagen, dass er Vater wird? Er ist so weit weg ..."

Monika schüttelte den Kopf. „Vielleicht kannst du ihm schreiben. Aber jetzt musst du zuerst an dich und das Kind denken."

Linda nickte. Noch in derselben Woche packte sie ihre wenigen Habseligkeiten und reiste mit gefälschten Papieren in die Schweiz. In Bern wurde sie von Monikas Tante herzlich aufgenommen und fand einen sicheren Unterschlupf.

6. Die Geburt von Michael

Am 12. Dezember 1939 brachte Linda ihren Sohn Michael zur Welt. Die Geburt war schwierig, aber der erste Schrei ihres Kindes ließ all ihre Ängste und Schmerzen in den Hintergrund treten. Als sie ihn in den Armen hielt, flüsterte sie: „Du bist alles, was mir von Ludwig geblieben ist."

Monikas Tante unterstützte Linda, doch bald musste sie einen Weg finden, ihren Lebensunterhalt zu verdienen. Mit eiserner Entschlossenheit nahm sie ihre Schauspielkarriere wieder auf und organisierte ein Kindermädchen, Bettina Ahrens, um Michael zu betreuen.

Die Jahre vergingen, und Linda wurde in ganz Europa bekannt. Doch trotz des Ruhms und der Verehrer, die ihr den Hof machten, blieb sie innerlich zerrissen. Jede Nacht fragte sie sich, ob Ludwig noch lebte, ob er jemals erfahren würde, dass er einen Sohn hatte.

7. Ludwig und der Krieg

Ludwigs Albträume wurden schlimmer. Jede Nacht sah er die Gesichter der Menschen, die er nicht retten konnte, und hörte ihre Schreie. Er schrieb weiterhin Briefe an Linda, doch er wusste nicht, ob sie jemals bei ihr ankommen würden.

Eines Tages im Dezember 1944 wurde Ludwig bei einem Feuergefecht schwer verletzt. Eine Kugel durchschlug sein Knie, und er wurde ins Lazarett gebracht. Die Schmerzen waren unerträglich, doch die Stille im Krankenbett war fast noch schlimmer.

Schwester Anna Mertens, die ihn pflegte, bemühte sich, ihm Mut zu machen.

„Herr Bosch, Sie haben Glück gehabt. Viele Ihrer Kameraden hatten nicht so viel Glück."

Ludwig lachte bitter. „Glück? Ich liege hier mit einem zertrümmerten Knie und frage mich, warum ich überhaupt noch lebe."

Anna legte ihm eine Hand auf die Schulter. „Vielleicht, weil Sie noch etwas zu erledigen haben. Es gibt immer einen Grund, warum wir weitermachen."

Ludwig sah sie an, und für einen Moment schien es, als würde ein Funken Hoffnung in seinen Augen aufleuchten. „Vielleicht haben Sie recht. Aber im Moment fühlt sich alles sinnlos an."

Nach mehreren Operationen wurde Ludwig schließlich nach Genf in ein privates Sanatorium gebracht. Hier konnte er sich erholen, weit entfernt von den Schrecken des Krieges. Er wusste, dass der Krieg bald enden würde. Doch was würde dann aus ihm werden?

Eines Abends saß er auf der Terrasse des Sanatoiums und hing seinen Gedanken nach. Er dachte an Linda, seine große Liebe, die er nie mehr wiedergesehen hatte und tröstete sich mit Gedanken an die liebevollen und aufopferungsvollen Krankenschwester Anna.

Nach mehreren Operationen wurde Ludwig schließlich nach Genf in ein privates Sanatorium gebracht. Hier konnte er sich erholen, weit entfernt von den Schrecken des Krieges. Er wusste, dass der Krieg bald enden würde. Doch was würde dann aus ihm werden?

8. Ludwig, Anna und der Neubeginn

Neben dem Feldlager blühten die leuchtend roten Mohnblumen, ein seltener Anblick inmitten der trostlosen Kriegslandschaft. Ludwig pflückte einen kleinen Strauß und brachte ihn Schwester Anna, die ihn mit einem warmen Lächeln entgegennahm.

„Für Sie", sagte er schlicht und hielt ihr die Blumen hin.

Anna lachte leise. „Sie machen es einem wirklich schwer, Sie nicht zu mögen, Herr Bosch."

„Ich bemühe mich." Ludwig zwinkerte, doch hinter seinem charmanten Lächeln lag eine Traurigkeit, die Anna oft bemerkte.

Mit der Zeit fand Anna Gefallen an Ludwigs Art – aufmerksam, humorvoll, trotz der Schatten des Krieges, die ihn verfolgten. Er erzählte ihr gelegentlich Witze, die sie beide zum Lachen brachten, doch manchmal war das Lachen ein Mittel, um die düsteren Gedanken zu überspielen.

Nach seiner schweren Verletzung wurde Ludwig schließlich nach Berlin verlegt. Doch die Stadt war kaum wiederzuerkennen – zerbombt, in Trümmern liegend. Die Krankenhäuser waren überfüllt oder völlig zerstört. Seine wohlhabende Familie arrangierte daraufhin, dass er in ein privates

Sanatorium in Genf gebracht wurde. Dort erhielt Ludwig ein künstliches Kniegelenk, das es ihm nach Monaten der Genesung erlaubte, wieder zu laufen.

Die Nächte im Sanatorium waren jedoch von Albträumen geprägt. Ludwig wachte oft schweißgebadet auf, gequält von Bildern aus dem Krieg: schreiende Kinder, zerbombte Häuser, Kameraden, die einer nach dem anderen fielen. Die Schreie und der Anblick der Gräueltaten ließen ihn nicht los.

9. Anna und die Zeit danach

Von Genf aus begann Ludwig, Briefe an Schwester Anna zu schreiben.

„Liebe Anna,
Sie haben mich durch eine der dunkelsten Zeiten meines Lebens begleitet. Ich denke oft an Ihre Freundlichkeit und die Mohnblumen, die Sie mit einem so warmen Lächeln entgegennahmen. Wenn Sie Berlin besuchen, würde ich mich sehr freuen, Sie wiederzusehen. Ich brauche nicht nur eine Pflegerin, sondern vielleicht jemanden, der mich versteht."

Anna las seine Briefe immer wieder, bevor sie antwortete. Schließlich entschloss sie sich, nach Berlin zu reisen.

Als sie sich wieder trafen, begrüßte Ludwig sie mit offenen Armen. „Anna, danke, dass Sie gekommen sind. Berlin ist nicht mehr das, was es einmal war, aber mit Ihnen hier fühlt es sich ein wenig heller an."

„Ich war unsicher, ob ich kommen sollte", gab Anna zu. „Ich dachte, Sie sehen mich nur als Krankenschwester."

„Ich sehe Sie als viel mehr, Anna", erwiderte Ludwig ernst.

Die beiden verbrachten immer mehr Zeit miteinander, und Ludwig machte Anna schließlich einen Antrag. Nach ihrer Hochzeit unterstützte Anna Ludwig nicht nur als Ehefrau, sondern wurde auch eine starke Partnerin an seiner Seite, als er die Leitung der Firma Bosch übernahm.

10. Das Unternehmen Bosch

Die Firma Bosch, die elektrische Geräte herstellte, war nach dem Krieg schwer beschädigt. Ludwig stand vor einer Mammutaufgabe: die Wiederaufbauarbeiten zu koordinieren und die Produktion wieder in Gang zu bringen.

„Das Dach der Werkshalle muss als Erstes repariert werden", erklärte er einem Bauleiter während eines Rundgangs. „Und sehen Sie sich diese Maschinen an – manche können wir reparieren, andere müssen ersetzt werden."

Mit Annas Unterstützung und seinem unermüdlichen Engagement gelang es Ludwig, die Firma wieder aufzubauen. Die ersten Produkte – Bohrmaschinen, Winkelschleifer und Stichsägen – wurden 1948 erfolgreich produziert.

„Ludwig, du machst das großartig", sagte Anna eines Abends, als sie zusammen am Küchentisch saßen.

„Ohne dich wäre ich längst daran zerbrochen", gestand er und nahm ihre Hand.

Doch bald trübte eine schwere Diagnose ihr Glück. Eines Tages ertastete Anna einen Knoten in ihrer Brust. Die Diagnose Brustkrebs war ein Schock für die Familie.

„Wir schaffen das", sagte Ludwig entschlossen, während er Annas Hand hielt. „Wir haben den Krieg überlebt, und wir werden auch das hier überstehen."

„Ich werde kämpfen, so wie ich es immer getan habe", antwortete Anna tapfer, doch die Krankheit lastete schwer auf der ganzen Familie.

11. Michael Lenz – Eine verlorene Kindheit

Während Ludwig und Anna in Berlin eine neue Existenz aufbauten, wuchs Michael Lenz, Ludwigs Sohn mit Linda, in der Schweiz auf. Linda hatte sich nach ihrer Flucht vollständig ihrer Karriere gewidmet und ließ Michael bei Familie Seibold in Bern zurück.

„Mama, wann kommst du mich wieder besuchen?" fragte Michael bei einem ihrer seltenen Besuche.

„Bald, mein Schatz", sagte Linda und küsste ihn auf die Stirn. Doch beide wussten, dass „bald" Monate bedeuten konnte.

Michael fühlte sich oft einsam, trotz der Fürsorge der Familie Seibold. Im Internat, das er später besuchte, vertiefte er sich in technische Bücher. Freunde fand er kaum, und seine Mutter war für ihn mehr ein ferner Gedanke als eine reale Person.

„Deine Mutter ist eine große Schauspielerin", sagten die Lehrer manchmal bewundernd. Doch Michael konnte damit wenig anfangen. Er wollte keine gefeierte Mutter, sondern einfach eine, die bei ihm war.

12. Linda und der Schweizer Industrielle

Während Michael in der Schweiz aufwuchs, lebte Linda ein glamouröses Leben. In Italien, Monaco und an der Côte d'Azur wurde sie von reichen Verehrern umschwärmt, darunter der Schweizer Industrielle Bernd Oswald.

„Linda, Sie sind eine faszinierende Frau", sagte Oswald eines Abends, als sie in einem Restaurant in Nizza saßen.

„Und Sie sind ein charmanter Mann", erwiderte Linda mit einem Lächeln, doch in ihrem Herzen dachte sie immer noch an Ludwig.

Bernd Oswald ließ keine Gelegenheit aus, Linda mit seiner charmanten Art und seinem Reichtum zu beeindrucken. Teure Geschenke, spontane Ausflüge in seinem roten Cabriolet, exklusive Abende in den besten Restaurants – er zog alle Register.

„Du bist eine außergewöhnliche Frau, Linda", sagte er eines Abends, während sie in einem schicken Restaurant in Nizza saßen. Er nahm ihre Hand und sah ihr tief in die Augen. „Ich möchte, dass du mein Leben teilst."

Linda lächelte zögernd. „Bernd, du bist ein wunderbarer Mann, aber ich bin nicht sicher, ob ich für ein Leben als Ehefrau geschaffen bin. Ich habe mein freies, unabhängiges Leben immer genossen."

„Ich werde dir die Freiheit lassen, die du brauchst",
versprach er. „Aber ich möchte, dass wir eine Zukunft
zusammen haben. Denk darüber nach."

Obwohl Linda keine echte Liebe für Bernd empfand,
begann sie, sich von seinem unermüdlichen Werben
beeindrucken zu lassen.

Bernd Oswald ließ keine Gelegenheit aus, Linda mit
seiner charmanten Art und seinem luxuriösen
Lebensstil zu umwerben. Wenn sie von einem
anstrengenden Theaterauftritt zurückkehrte, wartete er
oft schon mit einer Überraschung auf sie. Mal war es
ein funkelndes Diamantcollier, mal ein Ausflug in
seinem eleganten roten Cabriolet zu einer der
schönsten Landschaften der Côte d'Azur.

„Ich wünschte, du würdest sehen, wie perfekt wir
zusammenpassen, Linda", sagte er eines Nachmittags,
während sie an einem einsamen Strand standen. Der
Wind spielte mit Lindas Haaren, und Bernd lächelte
sie an. „Du bist die Frau, die mein Leben vollständig
macht."

Linda seufzte leise. Sie genoss die Aufmerksamkeit,
die Bernd ihr schenkte, und die Annehmlichkeiten,
die er ihr bot. Doch ein Teil von ihr zögerte. „Bernd,
du bist unglaublich großzügig und charmant. Aber
Liebe ... echte Liebe ... ich weiß nicht, ob ich dir das
geben kann."

Bernd nahm ihre Hände und zog sie sanft zu sich. „Liebe wächst mit der Zeit. Gib uns eine Chance, Linda. Ich verspreche dir, dass ich dich nie enttäuschen werde."

Sein unermüdliches Werben und die Vorstellung eines sorgenfreien Lebens an seiner Seite begannen, ihre Zweifel zu zerstreuen. Als er sie schließlich in seine traumhafte Villa in der Schweiz einlud, gab Linda nach.

Die Villa war atemberaubend. Hohe Decken, Marmorböden und große Fenster, die den Blick auf den glitzernden See freigaben. Bernd hatte den Abend perfekt arrangiert: Ein edles Menü, zubereitet von seiner persönlichen Köchin Berta, und ein funkelndes Diamantcollier als weiteres Geschenk.

„Du verwöhnst mich zu sehr", sagte Linda lächelnd, während Bernd ihr das Collier um den Hals legte.

„Ich verwöhne dich genauso, wie du es verdienst", antwortete er und zog sie in eine sanfte Umarmung.

In dieser Nacht gab Linda seinem Werben endgültig nach und begann, die Vorstellung eines gemeinsamen Lebens mit ihm in Betracht zu ziehen. Sie wusste, dass eine Heirat bedeuten würde, ihre Karriere zurückzustellen, aber der Gedanke an ein stabiles Leben und einen Partner, der sie unterstützte, erschien ihr plötzlich verlockend.

13. Die Hochzeit mit Bernd Oswald

Schweiz, 1954

Linda war 35 Jahre alt, als sie Bernd Oswalds Heiratsantrag schließlich annahm. Seine Freude war grenzenlos.

„Ich kann es kaum glauben!", rief er begeistert und umarmte sie. „Du hast mich zum glücklichsten Mann der Welt gemacht!"

„Bernd, bevor wir heiraten, möchte ich zu meinem Sohn reisen und mit ihm über die Veränderungen sprechen. Er soll wissen, was auf uns zukommt."

„Natürlich, Linda. Nimm dir die Zeit, die du brauchst. Ich werde geduldig warten."

Linda machte sich auf den Weg in das Schweizer Internat, in dem ihr Sohn Michael die meiste Zeit des Jahres verbrachte. Sie lud ihn in ein Restaurant im Kanton Uri ein, um mit ihm über die bevorstehende Hochzeit zu sprechen.

Michael, mittlerweile 15 Jahre alt, sah seine Mutter selten und wirkte bei ihrem Besuch distanziert. Während des Essens rückte er schließlich mit einer Frage heraus, die ihn schon lange beschäftigte.

„Mama, wer ist eigentlich mein Vater?" fragte er plötzlich, seine Stimme war ruhig, aber entschlossen.

Linda hielt inne, der Löffel in ihrer Hand zitterte

leicht. „Michael, das ist nicht der richtige Zeitpunkt, um darüber zu sprechen. Wir reden darüber, wenn du älter bist."

„Ich bin alt genug!", entgegnete Michael mit einem Anflug von Frustration. „Ich habe das Recht, zu wissen, wer mein Vater ist!"

Linda schüttelte den Kopf. „Michael, du wirst bald einen neuen Vater haben. Bernd wird gut zu dir sein. Das sollte dir genügen."

„Aber er ist nicht mein richtiger Vater!" Michaels Stimme wurde lauter, und Tränen schimmerten in seinen Augen.

Linda seufzte genervt. „Ich möchte dieses Thema nicht weiter diskutieren. Du wirst es irgendwann verstehen."

Michael senkte den Kopf, enttäuscht und wütend zugleich. Er hatte gehofft, dass dieser Besuch anders verlaufen würde.

Die Hochzeit fand kurz darauf in einer kleinen Kirche in den Schweizer Bergen statt. Es war eine elegante, aber private Feier, bei der auch die Presse anwesend war, um über die Vermählung der berühmten Schauspielerin zu berichten. Michael, der nur widerwillig an der Zeremonie teilnahm, fühlte sich fehl am Platz. Die großen Geschenke von Bernd Oswald konnten die Leere, die er empfand, nicht füllen.

„Er wird nie mein Vater sein". flüsterte Michael, während er abseits der Feierlichkeiten stand und zusah, wie das Brautpaar tanzte.

14. Die Flucht – Michaels Suche nach der Wahrheit

Kurz vor den Sommerferien 1955 besuchte Monika Seibold, eine alte Freundin von Linda, Michael im Internat. Sie war die einzige, die seine Situation verstand. Als Michael sie erneut fragte, wer sein Vater sei, entschloss sich Monika schließlich, ihm die Wahrheit zu erzählen.

„Dein Vater heißt Ludwig Bosch. Er war Soldat im Zweiten Weltkrieg und stammt aus Berlin", sagte sie zögernd. „Aber ich weiß nicht, ob er noch lebt."

Michaels Augen weiteten sich. „Berlin ... mein Vater lebt vielleicht noch in Berlin?"

Monika nickte langsam. „Es ist möglich. Aber Michael, sei vorsichtig. Berlin ist nicht gerade der sicherste Ort."

Michael hatte genug gehört. Noch in derselben Nacht packte er seinen Rucksack mit allem, was er besaß – teure Geschenke, ein wenig Geld, seinen Reisepass und etwas zu essen. Er wartete, bis alle im Internat schliefen, und schlich sich aus dem Fenster.

Er wandte sich an Bert Seibold, der ihm eine Adresse von Bekannten in Berlin gab. „Du darfst niemandem sagen, wohin du gehst, Michael. Versprich mir das", mahnte Bert.

„Ich verspreche es", sagte Michael entschlossen.

Mit klopfendem Herzen trat er seine Reise an. Der Zug nach Berlin war lang, doch seine Gedanken waren klar. „Ich werde ihn finden", dachte er. „Ich werde meinen Vater finden."

15. Ankunft und Ausbildung in Berlin

Berlin, 30. August 1955

Michael kam erschöpft am Berliner Hauptbahnhof an. Die Stadt war überwältigend – laut, geschäftig und voller Leben. Mit einem Zettel in der Hand suchte er die Adresse der Gastfamilie, bei der er unterkommen sollte. Seine Gastgeber, ein älteres Ehepaar, begrüßten ihn freundlich, doch Michael wusste, dass er vorsichtig sein musste.

„Vielen Dank, dass ich hierbleiben darf", sagte er höflich, als er seinen Koffer abstellte.

„Gern, Junge", antwortete die Frau und zeigte ihm sein Zimmer. „Aber erzähl uns doch ein wenig von dir. Warum bist du nach Berlin gekommen?"

Michael lächelte gezwungen. „Ich wollte einfach einen neuen Anfang machen. In der Schweiz war es ... langweilig."

Er sprach nicht über seine Flucht aus dem Internat oder über seine wahre Mission. Niemand durfte wissen, dass er hier war, um seinen leiblichen Vater zu finden.

Michael erkundigte sich in der Stadt nach dem Namen Bosch und erfuhr schnell, dass es eine erfolgreiche Firma gleichen Namens in Charlottenburg gab. „Das könnte er sein", dachte er, sein Herz schlug schneller.

16. Die Bewerbung bei der Firma Bosch

Als Michael vor den Toren der Firma Bosch stand, fühlte er eine Mischung aus Nervosität und Entschlossenheit. Die großen Fabrikhallen und der geschäftige Betrieb beeindruckten ihn. Er strich seine Kleidung glatt und betrat den Empfangsbereich.

„Guten Tag, ich möchte mich als Lehrling bewerben", sagte er höflich zu der Sekretärin, die hinter einem großen Schreibtisch saß.

Die Frau sah ihn prüfend an. „Haben Sie Unterlagen dabei?"

„Nein, leider nicht. Ich bin neu in Berlin und habe meine Papiere noch nicht geordnet", antwortete Michael schnell, dabei spürte er, wie sich Schweißperlen auf seiner Stirn bildeten.

Die Sekretärin zuckte mit den Schultern. „Moment, ich frage, ob jemand Zeit hat, mit Ihnen zu sprechen."

Nach einer kurzen Wartezeit wurde Michael in ein kleines Büro geführt, wo ein älterer Herr mit grauem Haar und ernster Miene auf ihn wartete.

„Mein Name ist Alfred Pohl, Meister in der Schlosserei. Warum wollen Sie bei uns arbeiten?" fragte er direkt.

„Ich habe schon immer ein Interesse an Maschinen

und Technik gehabt. Ich möchte etwas lernen, das mich voranbringt", erklärte Michael mit fester Stimme.

Pohl nickte, sichtlich angetan von Michaels Auftreten. „Gut. Wir suchen gerade Lehrlinge. Sie können zwei Wochen Probearbeiten. Wenn Sie sich bewähren, bekommen Sie eine Lehrstelle."

17. Die Lehrjahre

Michael nahm die Herausforderung an. Die Arbeit war hart, die Tage lang, doch er hielt durch. Die Schlosserei war laut, voller Funkenflug und riechendem Metall. Nach den ersten Wochen des Probearbeitens wurde er offiziell als Lehrling eingestellt.

Mit seinem bescheidenen Gehalt von 265 DM im Monat konnte Michael seine Unterkunft bezahlen und sparte den Rest für Bücher über Elektronik und Elektrotechnik. Abends zerlegte er alte Geräte, die er irgendwo aufgetrieben hatte, und bastelte an kleinen Maschinen. Seine Skizzen und Ideen zeigten bereits ein erstaunliches technisches Talent.

Sein Meister, Alfred Pohl, bemerkte bald, dass Michael ein besonderes Gespür für technische Lösungen hatte. „Du hast Talent, Junge", sagte Pohl eines Abends, als sie spät in der Werkstatt waren. „Wenn du so weitermachst, wirst du mal ein hervorragender Techniker."

Diese Worte waren Balsam für Michaels Seele. Er arbeitete noch härter, um zu beweisen, dass er mehr als nur ein einfacher Lehrling war.

18. Ein unerwartetes Wiedersehen

Im dritten Lehrjahr wurde Michael in der Firma immer angesehener. Sein Fleiß und seine Fähigkeiten blieben auch Ludwig Bosch, dem Firmeninhaber, nicht verborgen. Ludwig ließ sich regelmäßig von Alfred Pohl berichten, wie sich die Lehrlinge entwickelten.

„Dieser Michael Lenz ... ein Schweizer Junge, nicht wahr?" fragte Ludwig eines Tages beiläufig, als er Pohl in seinem Büro besuchte.

„Ja, Herr Bosch. Der Junge ist ein echtes Talent. Er hat Ideen, die unsere Werkstatt voranbringen könnten. Ich schlage vor, ihn weiter zu fördern", antwortete Pohl.

Ludwig nickte, doch ein Gedanke ließ ihn nicht los. Der Name „Lenz" kam ihm bekannt vor, doch er konnte ihn nicht sofort einordnen.

Eines Tages, während einer gemeinsamen Besprechung in der Werkstatt, fiel Ludwigs Blick auf Michael. Der junge Mann hatte etwas in seinem Auftreten, das ihm vertraut erschien – vielleicht seine Art, vielleicht die Ähnlichkeit zu jemandem aus seiner Vergangenheit.

Nach dem Treffen sprach Ludwig Michael direkt an. „Herr Lenz, Sie scheinen eine interessante Geschichte zu haben. Wie kommt ein junger Mann aus der Schweiz nach Berlin?"

Michael wich der Frage aus. „Ich wollte einfach einen neuen Anfang. In der Schweiz gab es für mich nicht viel Perspektive."

„Und Ihre Familie? Was machen Ihre Eltern?" Ludwig versuchte, beiläufig zu klingen, doch seine Neugier war geweckt.

„Meine Mutter ist Schauspielerin. Sie lebt jetzt im Kanton Uri. Meinen Vater kenne ich nicht." Michaels Antwort war knapp, doch Ludwigs Herz begann schneller zu schlagen.

Der Name „Lenz" und die Erwähnung einer Schauspielerin – könnte es sein, dass dieser junge Mann etwas mit seiner alten Liebe Linda zu tun hatte?

19. Ein Verdacht wird zur Gewissheit

Die Gespräche mit Michael ließen Ludwig keine Ruhe. Er beschloss, Nachforschungen anzustellen. Über Kontakte erfuhr er, dass Linda tatsächlich im Kanton Uri lebte und mit einem Schweizer Industriellen verheiratet war. Der Gedanke, dass Michael sein Sohn sein könnte, ließ ihn nicht mehr los.

Doch bevor er Zeit fand, sich mit Linda in Verbindung zu setzen, schlug das Schicksal zu. Ludwig verlor seine Frau Anna, die nach jahrelangem Kampf ihrem Krebsleiden erlag. Die Beerdigung war ein schwerer Schlag für Ludwig und seine Familie.

Michael, der als geschätzter Mitarbeiter ebenfalls an der Trauerfeier teilnahm, zeigte sich zurückhaltend, aber mitfühlend. Während Ludwig in der Kirche saß und auf den Sarg seiner Frau blickte, schweiften seine Gedanken immer wieder zu Michael ab.

„Könnte es sein?", fragte er sich.

Einige Wochen nach der Beerdigung seiner verstorbenen Frau beschloss Ludwig, nach Uri zu reisen und Linda zu konfrontieren. Er musste die Wahrheit wissen. Doch wie würde Linda reagieren? Und wie würde Michael die Offenbarung verkraften, dass der Mann, den er als seinen Chef kannte, in Wirklichkeit sein Vater war?

Ludwigs Reise nach Uri sollte nicht nur Antworten bringen, sondern das Leben aller Beteiligten für immer verändern.

20. Die Reise nach Uri

Es war ein kühler Herbstmorgen, als Ludwig Bosch in den Zug nach Zürich stieg, um anschließend weiter nach Uri zu reisen. In seiner Tasche lag ein Brief von Linda, den er vor Jahren sorgfältig aufbewahrt hatte – das Einzige, was ihn noch mit dieser Zeit verband.

Während der Fahrt gingen ihm die Erinnerungen nicht aus dem Kopf: die Silvesternacht, ihr Lachen, ihre Nähe. Und dann das jähe Ende, als er in den Krieg ziehen musste. Hatte sie jemals versucht, Kontakt aufzunehmen? War Michael wirklich sein Sohn?

21. Die Begegnung mit Linda

In Uri angekommen, fand Ludwig leicht heraus, wo
Linda lebte. Sie wohnte in einer großzügigen Villa am
Hang mit Blick auf den See. Ludwig stand zögernd
vor der Tür, sein Herz schlug heftig. Schließlich nahm
er all seinen Mut zusammen und klopfte.

Eine Haushälterin öffnete. „Guten Tag. Ich bin ein
alter Bekannter von Frau Oswald. Ist sie zu
sprechen?"

Die Frau musterte ihn kurz, bevor sie ihn einließ.
„Einen Moment, ich hole sie."

Linda erschien wenige Minuten später im
Wohnzimmer. Als sie Ludwig sah, erstarrte sie.
„Ludwig?" flüsterte sie.

„Ja, Linda. Ich bin es."

Für einen Moment herrschte Stille. Dann fasste sich
Linda. „Was führt dich hierher, nach all den Jahren?"

Ludwig zögerte, bevor er antwortete. „Ich musste
dich sehen. Es gibt etwas, das ich wissen muss.
Michael ... ist er mein Sohn?"

Linda senkte den Blick und schwieg. Ihre Hände
zitterten leicht, als sie sie in ihrem Schoß
verschränkte. „Ja, Ludwig", sagte sie schließlich.
„Michael ist dein Sohn."

Die Worte trafen Ludwig wie ein Schlag. Er setzte sich schwer auf das Sofa. „Warum hast du mir nie etwas gesagt? Warum hast du mich nicht wissen lassen, dass ich einen Sohn habe?"

„Weil du fort warst, Ludwig!", antwortete Linda plötzlich mit einer Mischung aus Trauer und Wut. „Du warst im Krieg, und ich war alleine. Dann kam Michael, und ich musste fliehen. Es war eine andere Zeit. Es war nicht einfach für mich."

Ludwig schüttelte den Kopf. „Ich hätte es wissen müssen. Ich hätte für euch da sein können."

Linda sah ihn an, ihre Augen glänzten vor Tränen. „Und was willst du jetzt tun? Willst du ihm sagen, dass du sein Vater bist?"

Ludwig überlegte lange. „Er verdient es, die Wahrheit zu erfahren. Er arbeitet in meiner Firma, Linda. Jeden Tag sehe ich ihn und frage mich, wie es soweit kommen konnte, dass ich ihn all die Jahre nicht kannte."

Linda wirkte überrascht. „Michael arbeitet bei dir? Das wusste ich nicht."

„Er ist talentiert, fleißig und entschlossen. Aber er hat auch diese Leere in sich, als würde er nach etwas suchen, das ihm fehlt."

Linda nickte langsam. „Er hat immer gefragt, wer sein Vater ist. Vielleicht ist es Zeit, dass er es erfährt.

Aber bitte, sei vorsichtig. Michael hat in seinem
Leben schon genug Enttäuschungen erlebt."

22. Die Wahrheit kommt ans Licht

Zurück in Berlin suchte Ludwig den richtigen Moment, um mit Michael zu sprechen. Nach einem langen Arbeitstag lud er ihn zu einem Abendessen in das Restaurant „Zur goldenen Ente" ein.

„Michael, ich schätze deine Arbeit sehr", begann Ludwig, während sie auf das Essen warteten.

„Danke, Herr Bosch. Es bedeutet mir viel, dass Sie mir diese Chancen geben", antwortete Michael höflich.

Ludwig atmete tief durch. „Ich habe etwas Wichtiges mit dir zu besprechen. Es geht um deine Familie."

Michael sah ihn überrascht an. „Meine Familie?"

„Ja", sagte Ludwig langsam. „Ich war vor kurzem in der Schweiz, um mit deiner Mutter zu sprechen."

Michael erstarrte. „Mit meiner Mutter? Warum?"

„Weil ich vermutet habe, dass du mein Sohn bist."

Die Worte hingen für einen Moment schwer im Raum. Michael starrte Ludwig an, unfähig zu sprechen. „Ihr Sohn? Das kann nicht ..."

„Doch, Michael", unterbrach Ludwig ihn sanft. „Deine Mutter hat es mir bestätigt. Ich bin dein Vater."

Michael lehnte sich zurück, seine Gedanken rasten.

„All die Jahre ... warum jetzt? Warum hast du mich nie gesucht?"

„Ich wusste es nicht", sagte Ludwig ehrlich. „Ich habe von dir erst erfahren, als ich dich in der Firma kennenlernte. Und ich wollte sicher sein, bevor ich dir die Wahrheit sage."

Michael schüttelte den Kopf, seine Stimme zitterte vor Emotionen. „Das ist ... das ist zu viel. Ich muss nachdenken."

In den Wochen danach sprach Michael kaum mit Ludwig. Doch langsam begann er, die Wahrheit zu akzeptieren. Ludwig bemühte sich, eine Beziehung zu seinem Sohn aufzubauen, und Michael erkannte, dass sein Vater wirklich für ihn da sein wollte.

Es war kein einfacher Weg, doch für beide Männer war es ein neuer Anfang – ein Versuch, die verlorene Zeit aufzuholen und eine Familie zu sein.

Michael freute sich darauf, endlich Zeit mit Jeanette alleine zu verbringen. Nach der stressigen Arbeit und den Intrigen in der Firma war der Urlaub ein dringend benötigter Ausbruch aus dem Alltag.

„Jeanette, ich habe unseren Urlaub geplant!", rief er freudig ins Telefon.

„Italien? Wirklich?" Jeanettes Stimme war voller Freude. „Ich wollte schon immer nach Italien. Du bist ein Schatz, Michael."

„Pack deine Sommerkleidung ein – und Badeanzug nicht vergessen! Wir fahren morgen früh los."

Jeanette lachte. „Ich freue mich schon. Und ich glaube, unser Chef hat nicht einmal etwas dagegen."

Michael grinste. Er erinnerte sich daran, wie Ludwig bei ihrem Urlaubsantrag nur wissend geschmunzelt hatte.

„Dann bis morgen, ich hole dich um acht ab", sagte Michael zu Jeanette.

Die Reise nach Italien war entspannt. Michael hatte einen Wagen gemietet, und die beiden fuhren an malerischen Landschaften vorbei. Als sie endlich an der Amalfiküste ankamen, fühlte sich alles wie ein Traum an.

„Es ist wunderschön hier", sagte Jeanette, als sie die Aussicht auf das glitzernde Meer genoss.

„Nicht so wunderschön wie du", antwortete Michael und nahm ihre Hand.

Ihre Tage waren erfüllt von Spaziergängen durch charmante italienische Dörfer, gemeinsamen Abendessen bei Kerzenlicht und langen Gesprächen. Michael fühlte sich zum ersten Mal seit Langem unbeschwert und glücklich.

23. Ludwigs und Lindas Treffen in Berlin

Während Michael und Jeanette ihren Urlaub genossen, näherte sich in Berlin ein anderes Treffen dem Höhepunkt. Linda kam nach ihrer langen Fahrt erschöpft, aber entschlossen im Werk von Ludwig Bosch an.

„Guten Tag, Frau Oswald. Herr Bosch erwartet Sie bereits", sagte die Sekretärin freundlich und führte sie in Ludwigs Büro.

Als Linda eintrat, erhob sich Ludwig aus seinem Stuhl. Sein Herz klopfte schneller, als er sie sah – so elegant und zeitlos wie damals.

„Linda", sagte er sanft.

„Ludwig", erwiderte sie, ihre Stimme zitterte leicht.

Die beiden standen sich für einen Moment gegenüber, die Jahre und die Distanz zwischen ihnen verschwanden.

„Ich hätte nie gedacht, dass ich dich jemals wieder

24. Wirbel im Hause Oswald

Linda war in ihrem Leben oft mit schwierigen Entscheidungen konfrontiert worden, doch nichts hatte sie so sehr zerrissen wie ihre Ehe mit Bernd. Nach außen hin schien alles perfekt: ein wohlhabender Mann, ein luxuriöses Leben, eine Karriere als Schauspielerin. Doch hinter den Kulissen herrschte ein Klima der Angst und des Unglücks. Bernd war cholerisch, kontrollierend, und seine Wut entlud sich immer wieder in verletzenden Worten – und manchmal sogar in Taten.

Eine Woche, nachdem Ludwig von der Schweiz nach Hause gefahren war, kam Linda Oswald von einer Modenschau in Mailand in ihrer Villa im Kanton Uri an. Ihr Chauffeur Gottlieb lud das Gepäck aus, während Linda in ihren eleganten Stöckelschuhen und einem roten Kostüm die geräumige Eingangshalle betrat.

Die Bedienstete Olga überreichte ihr einen Stapel Post und einen Brief, den Ludwig Bosch persönlich abgegeben hatte.

„Danke, Olga", sagte Linda, zog ihre roten Handschuhe aus und nahm die Briefe entgegen. Ohne zu zögern ging sie in ihre Gemächer, um sich von der Reise zu erholen.

Als sie später ihre Post öffnete und schließlich Ludwigs Brief las, erstarrte sie. Ihre Hände zitterten, und sie rief laut: „Olga! Wann wurde dieser Brief abgegeben?"

„Vor etwa einer Woche, gnädige Frau", antwortete Olga eilig.

„Wer hat ihn gebracht?" fragte Linda weiter.

„Ein gut aussehender Herr, um die fünfzig. Groß, schlank, mit schwarzen Haaren und grauen Schläfen", beschrieb Olga.

Linda schloss kurz die Augen und atmete tief durch. Sie erkannte sofort, dass es Ludwig gewesen war. Gedanken stürmten auf sie ein: Warum hatte er sie gesucht? Wusste er von Michael?

„Olga, informieren Sie den Chauffeur, dass wir morgen früh nach Berlin fahren. Ich muss diesen Mann treffen."

„Natürlich, gnädige Frau", sagte Olga und eilte davon.

In dieser Nacht lag Linda wach und dachte über Ludwig nach – ihre Jugendliebe, ihre Erinnerungen und das Versprechen, das sie ihm gegeben hatte, immer treu zu sein. Sie machte sich Vorwürfe, dass sie ihn nie wieder kontaktiert hatte und ihm verschwieg, dass er einen Sohn hatte.

Am nächsten Morgen brach sie nach Berlin auf, voller Anspannung und Neugierde auf das, was sie erwarten würde.

25. Michael und Jeanette

Während Linda und Ludwig aufeinandertreffen sollten, genoss Michael seine Zeit mit Jeanette. Er hatte den Urlaub akribisch geplant, um sie an die Amalfiküste zu entführen – eine der schönsten Landschaften Italiens.

„Michael, das ist unglaublich!", rief Jeanette begeistert, als sie am ersten Abend auf die Küste blickten. „Es ist so romantisch hier."

Michael nahm ihre Hand und lächelte. „Ich wollte dir etwas Besonderes schenken. Du bedeutest mir viel."

Ihre Tage waren erfüllt von unvergesslichen Momenten – Spaziergängen durch malerische Dörfer, langen Gesprächen am Strand und köstlichem italienischem Essen.

Eines Abends, als sie bei Sonnenuntergang auf einer Klippe saßen, drehte sich Michael zu Jeanette. „Ich weiß, dass es noch früh ist, aber ich kann mir keine Zukunft ohne dich vorstellen."

Jeanette blickte ihn überrascht an, ihre Augen glänzten. „Ich fühle genauso, Michael."

Michael küsste sie sanft, während die Sonne am Horizont verschwand.

26. Das Wiedersehen

In Berlin traf Linda pünktlich im Werk von Ludwig Bosch ein. Die Sekretärin führte sie zu Ludwigs Büro. Linda atmete tief durch, bevor sie eintrat.

„Linda", sagte Ludwig und erhob sich aus seinem Stuhl.

„Ludwig", erwiderte sie leise.

Die Zeit schien stillzustehen, als sie sich gegenüberstanden. Die Erinnerungen an ihre gemeinsame Vergangenheit waren plötzlich lebendig.

„Ich hätte nicht gedacht, dass wir uns jemals wiedersehen", begann Linda.

„Und doch bist du hier", sagte Ludwig und deutete auf einen Stuhl. „Bitte, setz dich."

Linda nahm Platz, während Ludwig ihr gegenüber Platz nahm.

„Warum hast du nach mir gesucht?" fragte Linda, ihre Stimme war ruhig, aber angespannt.

Ludwig zögerte einen Moment. „Wegen Michael. Er arbeitet in meiner Firma, Linda. Ich wusste nicht, dass er mein Sohn ist – bis jetzt."

Linda blickte auf ihre Hände. „Ich wollte es dir damals sagen, Ludwig. Aber dann kam der Krieg, und ich war allein. Es war nicht einfach, mit allem fertig zu werden."

„Ich hätte bei euch sein müssen", sagte Ludwig leise, seine Stimme voller Bedauern. „Ich hätte es wissen müssen."

„Ich habe so oft darüber nachgedacht, dich zu suchen", gab Linda zu. „Aber ich wusste nicht, wo ich anfangen sollte. Und dann warst du vielleicht tot. Ich hatte Angst, mich der Wahrheit zu stellen."

Ludwig nickte langsam. „Ich bin nicht hier, um Vorwürfe zu machen. Ich möchte Michael kennenlernen, als Vater, nicht nur als Chef."

„Er hat immer nach dir gefragt", sagte Linda schließlich. „Vielleicht ist es an der Zeit, dass er die Wahrheit erfährt."

Ludwig hielt inne. „Wirst du es ihm sagen oder soll ich?"

Linda überlegte kurz. „Ich denke, es sollte von dir kommen. Du bist sein Vater."

Ludwig wusste, dass es kein einfacher Weg sein würde, Michael die Wahrheit zu sagen. Doch das Gespräch mit Linda gab ihm die Gewissheit, dass es das Richtige war. Er bereitete sich darauf vor, die Beziehung zu seinem Sohn nicht nur als Arbeitgeber, sondern auch als Vater aufzubauen – und Michael endlich die Antworten zu geben, die er sein Leben lang gesucht hatte.

Soll ich den weiteren Verlauf mit Michaels Reaktion auf die Wahrheit und die Entwicklungen in der Familie fortführen?

27. Die Wahrheit wird enthüllt

Ludwig lud Michael nach seiner Rückkehr aus dem Italienurlaub erneut in das Restaurant „Zur goldenen Ente" ein. Der Zeitpunkt war gekommen, um ihm die Wahrheit zu sagen.

„Michael, ich habe etwas Wichtiges mit dir zu besprechen", begann Ludwig, nachdem die Getränke serviert worden waren.

Michael, der Ludwig als Chef respektierte, spürte den ernsten Ton und blickte aufmerksam auf. „Geht es um die Firma, Herr Bosch?"

Ludwig schüttelte den Kopf. „Nein, es geht um uns – um dich und mich."

Michael runzelte die Stirn. „Um uns?"

Ludwig atmete tief durch. „Michael, ich habe in letzter Zeit viel über deine Familie nachgedacht, über deine Mutter. Und ich muss dir etwas sagen, das dein Leben verändern wird."

Michael lehnte sich zurück. „Das klingt ernst. Was ist es?"

„Ich war vor kurzem in der Schweiz und habe mit deiner Mutter gesprochen", sagte Ludwig langsam.

„Mit meiner Mutter?" Michaels Stimme klang

überrascht. „Warum?“

„Weil ich vermutete, dass du mein Sohn bist“, gestand Ludwig.

Michael starrte Ludwig an, unfähig, etwas zu sagen. Schließlich fand er seine Stimme wieder. „Ihr Sohn? Wie ... warum sollte ich das glauben?“

„Deine Mutter hat es mir bestätigt“, sagte Ludwig leise. „Ich wusste nichts von dir, Michael. Aber jetzt, wo ich es weiß, will ich nicht länger schweigen. Du bist mein Sohn.“

Michael schüttelte den Kopf, während seine Gedanken rasten. „Warum jetzt? Warum haben Sie mich nie gesucht?“

„Ich wusste es nicht“, sagte Ludwig ehrlich. „Ich habe von dir erst erfahren, als du in meiner Firma gearbeitet hast. Und ich wollte sicher sein, bevor ich dir die Wahrheit sage.“

Michael senkte den Kopf, die Emotionen überwältigten ihn. „Das ist ... das ist zu viel. Ich brauche Zeit, um das zu verarbeiten.“

Ludwig nickte. „Natürlich. Aber ich bin hier, Michael. Ich will, dass wir die Zeit, die wir verloren haben, nachholen.“

28. Ein Lichtblick

Nach dem Gespräch mit Ludwig suchte Michael Trost bei Jeanette. Sie hatten sich in ihrem Italienurlaub noch näher kennengelernt, und Michael wusste, dass er ihr vertrauen konnte.

„Ich weiß nicht, was ich fühlen soll", gestand Michael, während sie in einem kleinen Café saßen. „Plötzlich habe ich einen Vater. Es ist, als würde der Boden unter mir wanken."

Jeanette nahm seine Hand. „Es ist viel auf einmal, Michael. Aber vielleicht ist es auch eine Chance. Eine Chance, die Beziehung zu deinem Vater aufzubauen, die dir immer gefehlt hat."

Michael sah Jeanette in die Augen und lächelte schwach. „Du bist wirklich mein Fels in der Brandung."

Jeanette lächelte zurück. „Und du bist stärker, als du denkst. Gib ihm eine Chance. Vielleicht braucht er dich genauso sehr, wie du ihn gebraucht hast."

Während Michael und Jeanette sich unterstützten, trafen sich Linda und Ludwig erneut, um über ihre gemeinsame Vergangenheit zu sprechen.

„Es fühlt sich an, als hätte ich dich mein ganzes Leben lang vermisst", gestand Ludwig, als sie in seinem Büro saßen.

Linda nickte. „Ich habe oft an dich gedacht, Ludwig. Aber das Leben hat uns auseinandergerissen."

„Und doch sind wir wieder hier", sagte Ludwig leise. „Vielleicht ist es noch nicht zu spät, die Vergangenheit aufzuarbeiten – für Michael und für uns."

Linda lächelte schwach. „Vielleicht hast du recht. Aber es wird Zeit brauchen."

29. Ein neuer Anfang für die Familie

In den folgenden Wochen begann Ludwig, eine Beziehung zu Michael aufzubauen. Die beiden arbeiteten eng in der Firma zusammen, und Ludwig bemühte sich, auch außerhalb der Arbeit Zeit mit seinem Sohn zu verbringen.

Eines Abends lud Ludwig Michael zu sich nach Hause ein. „Ich möchte dir etwas zeigen", sagte er, während er eine alte Truhe öffnete.

Darin lagen Erinnerungen an seine Jugend – Fotos, Briefe und kleine Andenken, darunter ein Foto von Linda, das er immer bei sich behalten hatte.

„Das war vor dem Krieg", sagte Ludwig, während Michael das Bild betrachtete. „Ich habe Linda damals geliebt. Und ich habe immer daran geglaubt, dass sie etwas Besonderes ist."

Michael lächelte schwach. „Jetzt verstehe ich, warum du mich eingestellt hast."

„Es war mehr als das", sagte Ludwig. „Ich habe dich eingestellt, weil ich gesehen habe, dass du Talent hast. Und jetzt weiß ich, dass du nicht nur mein Mitarbeiter bist, sondern mein Sohn."

Michael nickte langsam. „Ich glaube, wir können von vorne anfangen."

Die Familie begann, alte Wunden zu heilen und neue Verbindungen zu knüpfen. Ludwig setzte sich dafür ein, dass Michael im Unternehmen aufstieg, während Linda und Michael sich langsam wieder annäherten.

Jeanette blieb an Michaels Seite und unterstützte ihn in allem, was er tat. Die Zukunft schien voller Hoffnung – eine Familie, die getrennt war, fand langsam wieder zueinander.

Michael hatte nach der Enthüllung über seinen Vater und die langsame Annäherung an Ludwig gemischte Gefühle. Einerseits war er froh, endlich zu wissen, wer sein Vater war, andererseits kämpfte er immer noch mit den Erinnerungen an seine Kindheit und die Einsamkeit im Internat. Die Arbeit in der Firma bot ihm jedoch Struktur und eine Möglichkeit, sich zu beweisen.

„Michael, du machst großartige Fortschritte", sagte Ludwig bei einem der regelmäßigen Meetings. „Ich sehe, dass du Verantwortung übernimmst. Das bedeutet mir viel."

Michael lächelte verhalten. „Danke, Herr Bosch ... äh, Ludwig. Es ist mir wichtig, dass die Arbeit hier gut läuft."

Ludwig nickte. „Und ich bin stolz auf dich. Aber du weißt, wenn du Hilfe brauchst, bin ich da."

Während Ludwig Michael förderte, gab es jedoch

jemanden in der Firma, der nicht so glücklich über
Michaels Erfolg war – Benno Arnold, ein langjähriger
Mitarbeiter, der seit Jahren auf eine Beförderung
hoffte.

30. Die Intrige gegen Michael

Benno beobachtete Michaels raschen Aufstieg mit wachsender Missgunst. „Dieser Kerl kommt aus dem Nichts und bekommt alles in den Schoß gelegt", murmelte er vor sich hin, während er Michael bei einer Besprechung beobachtete.

Eines Tages entdeckte Benno zufällig die Konstruktionspläne eines wichtigen Projekts auf Michaels Schreibtisch. Eine Gelegenheit, dachte er. Er griff die Pläne, als niemand hinsah, und versteckte sie in seiner eigenen Schublade.

Als Michael später zurückkehrte, war er fassungslos, die Pläne nicht zu finden. „Wo sind die Unterlagen?", fragte er hektisch, während er seinen Schreibtisch durchsuchte.

Jeanette, die ebenfalls im Büro war, sah seine Unruhe. „Was ist los, Michael?"

„Die Konstruktionspläne für den neuen Auftrag – sie sind weg!", sagte Michael, seine Stimme zitterte vor Panik. „Wenn ich sie nicht finde, bedeutet das einen riesigen Rückschlag für die Produktion."

Jeanette versuchte, ihn zu beruhigen. „Ich suche in meinen Unterlagen. Vielleicht habe ich versehentlich eine Kopie gemacht."

Während Jeanette die Unterlagen durchsuchte, ging Michael zu Ludwig, um ihm den Vorfall zu melden.

„Ludwig, ich muss mit dir sprechen. Die Pläne sind verschwunden."

Ludwig runzelte die Stirn. „Verschwunden? Bist du sicher, dass du sie nicht verlegt hast?"

„Ganz sicher. Ich habe überall gesucht", antwortete Michael ernst.

„Wir werden das klären", sagte Ludwig. „Aber konzentrier dich jetzt darauf, deine Arbeit fortzusetzen. Jeanette hat ein ausgezeichnetes Archiv – vielleicht hat sie die Lösung."

Tatsächlich fand Jeanette eine Kopie der Pläne in ihren Unterlagen und brachte sie Michael mit einem triumphierenden Lächeln. „Hier. Das sollte dir helfen."

Michael war erleichtert. „Du bist ein Lebensretter, Jeanette. Danke!"

Mit den Plänen in der Hand arbeitete Michael die ganze Nacht, um den Auftrag fristgerecht fertigzustellen. Am nächsten Morgen präsentierte er Ludwig die fertigen Pläne.

„Gut gemacht, Michael", sagte Ludwig, als er die Unterlagen durchsah.

Benno hingegen war verärgert, dass sein Versuch, Michael zu sabotieren, gescheitert war. Doch er gab nicht auf. Er begann, Gerüchte über Michael und

Jeanette zu verbreiten, in der Hoffnung, die Stimmung im Team gegen ihn zu wenden.

Die Gerüchte erreichten schließlich Ludwig. Er rief Benno in sein Büro.

„Benno, ich habe von einigen Dingen gehört, die mir nicht gefallen", begann Ludwig ernst. „Gerüchte über Michael und Jeanette – und auch über die verschwundenen Pläne."

Benno spielte den Unschuldigen. „Ich weiß nicht, wovon Sie sprechen, Herr Bosch. Das sind alles Missverständnisse."

„Missverständnisse?", wiederholte Ludwig scharf. „Wie kommt es dann, dass nur du von den verschwundenen Plänen wusstest? Niemand außer Michael, Jeanette und mir hatte davon erfahren."

Benno stammelte, seine Fassade begann zu bröckeln. „Ich ... ich habe es zufällig gehört ..."

„Genug, Benno", unterbrach Ludwig. „Ich habe lange genug zugesehen. Deine Intrigen haben hier keinen Platz. Du bist entlassen."

Benno stand auf, wütend und erniedrigt. „Das werden Sie bereuen, Herr Bosch!"

„Das Einzige, was ich bereue, ist, dass ich nicht früher gehandelt habe", antwortete Ludwig kühl.

Nach Bennos Entlassung kehrte wieder Ruhe in die

Firma ein. Michael war Ludwig dankbar, dass er an seiner Seite gestanden hatte.

„Ich weiß, dass es nicht einfach war, Ludwig", sagte Michael, als sie eines Abends im Büro saßen. „Aber ich bin froh, dass du die Wahrheit gesehen hast."

„Ich habe nie an dir gezweifelt, Michael", antwortete Ludwig. „Du bist nicht nur ein großartiger Mitarbeiter, sondern auch mein Sohn. Und ich werde immer hinter dir stehen."

Michael nickte, während er diese Worte in sich aufnahm. Zum ersten Mal fühlte er, dass er wirklich Teil einer Familie war.

31. Ein unvergesslicher Urlaub

Michael hatte den Italienurlaub mit Jeanette sorgfältig geplant, und als er sie am Morgen abholte, strahlte sie vor Freude. Sie trug einen leichten Sommermantel und hielt einen kleinen Rucksack mit Proviant in der Hand.

„Frühstück to go", sagte sie schmunzelnd, als sie ihm die Thermoskanne und die belegten Brötchen zeigte.

„Perfekt", antwortete Michael und stellte ihren Koffer in den Kofferraum. „Ich will sehen, wie viele Kilometer wir schaffen, bevor wir hungrig werden."

Jeanette lachte, und gemeinsam brachen sie noch vor Sonnenaufgang auf. Die Straßen waren ruhig, und die Reise verlief entspannt. Sie wechselten sich ab mit dem Fahren und machten nur kurze Pausen, bis sie schließlich am Abend in Bibione ankamen.

Das Hotel Marina empfing sie mit warmem Licht und einer einladenden Atmosphäre. Michael trug die Koffer auf ihr Zimmer, und nach einer kurzen Erfrischung machten sie sich auf den Weg, die Umgebung zu erkunden.

„Hier gibt es so viele kleine Restaurants", bemerkte Jeanette begeistert, als sie die belebten Gassen entlang schlenderten.

„Dann lass uns das Beste finden", schlug Michael vor.

Sie wählten ein gemütliches Lokal mit einem malerischen Innenhof. Ein alter Geiger stand in einer Ecke und spielte melancholische Melodien, die die warme Sommernacht durchdrangen.

Jeanette bestellte Lasagne, während Michael sich für eine Pizza entschied. „Und zwei Gläser Rotwein, bitte", fügte Michael hinzu.

„Die Musik hier ... es ist, als wäre man in einem Film", sagte Jeanette und sah sich um.

„Ja, aber die Hauptdarstellerin stiehlt allen die Show", entgegnete Michael und zwinkerte ihr zu.

Jeanette lachte, ihre Wangen röteten sich leicht. „Du bist wirklich unmöglich."

Nach dem Essen spazierten sie Hand in Hand zurück zum Hotel, während der Geiger ihnen mit seinen Melodien folgte.

„Das ist fast zu schön, um wahr zu sein", sagte Jeanette, als sie am Hoteleingang ankamen.

„Es wird noch besser", flüsterte Michael, zog sie ins Zimmer und schloss die Tür hinter ihnen.

Im warmen Licht des Zimmers nahm er sie in die Arme und küsste sie leidenschaftlich. Es war ein Moment, den sie beide so lange herbeigesehnt hatten. Die Nähe zueinander, das Vertrauen und die Liebe, die sie teilten, machten die Nacht unvergesslich.

Am nächsten Morgen genossen sie ein ausgiebiges Frühstück im Hotel, bevor sie ihre Badesachen einpackten und an den Strand gingen.

„Das Meer sieht so einladend aus", sagte Jeanette, während sie ihren schwarzen Bikini zurechtzupfte.

Michael, der sich kaum von ihrem Anblick lösen konnte, nickte. „Ich glaube, du machst den Strand heute noch schöner."

Jeanette lachte. „Hör auf, sonst werde ich noch rot."

Gemeinsam sprangen sie ins warme Wasser, lachten, planschten und schwammen. Es war, als gäbe es keine Sorgen auf der Welt. Sie verbrachten die Tage damit, die Sonne zu genießen, lange Spaziergänge zu machen und den Moment zu leben.

„Das ist der schönste Urlaub meines Lebens!" meinte Jeanette glücklich.

Am letzten Abend in Bibione gingen Michael und Jeanette, wie sie es die ganze Woche über getan hatten, zum Strand, um den Sonnenuntergang zu genießen. Der Himmel war in tiefes Rot und Orange getaucht, und das leise Plätschern der Wellen schuf eine beruhigende Melodie.

„Ich wünschte, wir könnten hierbleiben", sagte Jeanette, während sie Michaels Hand hielt.

„Ich auch", antwortete Michael. „Aber das Leben ruft zurück, und wir müssen uns ihm stellen."

Jeanette lächelte. „Solange wir es gemeinsam tun, bin ich bereit."

Sie blieben noch eine Weile stehen, schauten auf das Meer hinaus und versprachen sich, dieses Gefühl von Frieden und Glück auch in ihren Alltag mitzunehmen.

32. Die Heimkehr nach Berlin

Die Rückfahrt nach Berlin war von gemischten Gefühlen geprägt. Beide wussten, dass der Urlaub eine Auszeit vom Alltag war, aber sie wollten das Gefühl der Verbundenheit und Leichtigkeit bewahren.

„Denkst du, dass wir es schaffen, unseren Alltag so schön wie hier zu gestalten?" fragte Jeanette, während sie in den Morgenhimmel schaute.

Michael lächelte zu ihr herüber. „Wenn wir uns darauf konzentrieren, aufeinander aufzupassen, dann schaffen wir das. Ich glaube an uns."

Jeanette nickte. „Ich auch."

Der Alltag in der Firma war hektisch. Ein neuer Großauftrag hatte die Produktion auf Hochtouren gebracht, und Michael war mitten im Geschehen. Sein Team schätzte ihn wegen seiner Führungsqualitäten und seines technischen Wissens, aber er wusste auch, dass einige – wie Benno Arnold – neidisch auf seinen Erfolg waren.

Michael war jedoch fest entschlossen, sich nicht von den kleinen Intrigen Bennos beeinflussen zu lassen. Er hielt sich an seine Arbeit, konzentrierte sich auf seine Aufgaben und suchte Rat bei Ludwig, wenn es nötig war.

Benno, der immer noch wütend über Michaels Erfolge und Ludwigs offensichtliche Zuneigung zu ihm war, schmiedete einen neuen Plan. Er begann, kleinere Fehler in den Produktionsprozessen Michaels zu erfinden und sie an Ludwig weiterzugeben.

„Herr Bosch", sagte Benno eines Nachmittags, als er in Ludwigs Büro stand, „ich habe bemerkt, dass Michael einige Ungenauigkeiten in den letzten Konstruktionsplänen hatte. Vielleicht sollten Sie sich das mal anschauen."

Ludwig runzelte die Stirn. „Das ist eine ernste Anschuldigung, Benno. Haben Sie Beweise?"

„Nun, ich habe hier einige Notizen gemacht", sagte Benno und legte eine Mappe auf den Tisch.

Ludwig nahm die Mappe, öffnete sie und betrachtete die Dokumente. Etwas daran schien ihm nicht zu stimmen. „Benno, diese Daten sind nicht vollständig. Es sieht aus, als wären sie manipuliert worden."

Benno wurde blass. „Das muss ein Missverständnis sein, Herr Bosch."

„Ein Missverständnis?", fragte Ludwig scharf. „Ich werde das prüfen lassen. Und sollte sich herausstellen, dass diese Anschuldigungen unbegründet sind, wird das Konsequenzen haben."

Benno verließ das Büro mit schweißnassen Händen. Er wusste, dass er einen Fehler gemacht hatte.

Ludwig ließ die Dokumente von Jeanette und einem

weiteren Kollegen prüfen. Wie er vermutet hatte, waren sie manipuliert. Er rief Michael in sein Büro, um ihn zu informieren.

„Michael, ich wollte dich nur wissen lassen, dass es jemanden gibt, der versucht, deinen Ruf zu sabotieren", begann Ludwig.

Michael nickte. „Ich habe so etwas vermutet. Benno Arnold hat mich immer wieder provoziert."

„Ich werde mich darum kümmern", sagte Ludwig entschieden. „In meiner Firma gibt es keinen Platz für solche Intrigen."

Am nächsten Tag konfrontierte Ludwig Benno mit den Beweisen. „Benno, Ihre Zeit in meiner Firma ist vorbei. Packen Sie Ihre Sachen und verlassen Sie das Gelände. Sie sind hiermit fristlos entlassen."

Benno versuchte, sich zu verteidigen, aber Ludwig blieb standhaft. „Sie haben das Vertrauen zerstört, das ich in Sie gesetzt habe. Das ist unverzeihlich."

Nach Bennos Entlassung herrschte eine neue Ruhe in der Firma. Michael konnte sich wieder voll und ganz auf seine Arbeit konzentrieren, und Jeanette unterstützte ihn dabei.

„Ich bin stolz auf dich", sagte Jeanette eines Abends, als sie zusammen in Michaels Wohnung waren. „Du hast dich nicht unterkriegen lassen."

Michael lächelte und zog sie in seine Arme. „Das habe ich auch dir zu verdanken. Ohne dich hätte ich das alles nicht so durchgestanden."

Jeanette sah ihn liebevoll an. „Wir sind ein Team. Und nichts wird uns aufhalten "

Mit Bennos Weggang und der wachsenden Unterstützung von Ludwig und Jeanette fühlte Michael, dass er endlich angekommen war – beruflich, privat und als Teil einer Familie. Doch es gab noch offene Fragen, insbesondere zu seiner Mutter Linda und ihrer Verbindung zu Ludwig.

Mit Bennos Entlassung und der Ruhe, die dadurch in der Firma einkehrte, begann Michael, noch mehr Verantwortung zu übernehmen. Ludwig beobachtete ihn genau und erkannte in seinem Sohn nicht nur einen fähigen Techniker, sondern auch einen potenziellen Nachfolger für die Leitung des Unternehmens.

„Michael, ich möchte dich in Zukunft stärker in die strategischen Entscheidungen der Firma einbinden", sagte Ludwig eines Tages, als sie zusammen die Produktionshalle besichtigten.

Michael, überrascht von Ludwigs Vertrauen, hielt inne. „Das bedeutet mir viel, Ludwig. Aber bist du sicher, dass ich bereit bin?"

Ludwig legte ihm eine Hand auf die Schulter. „Ich

habe keinen Zweifel daran. Du hast bewiesen, dass du mit Herausforderungen umgehen kannst. Außerdem bist du nicht allein. Ich werde dich auf diesem Weg begleiten."

Die Wochen vergingen, und Michael begann, an wichtigen Besprechungen teilzunehmen. Er entwickelte eigene Vorschläge zur Optimierung der Produktionsprozesse und knüpfte Kontakte zu neuen Geschäftspartnern.

33. Linda kehrt nach Berlin zurück

Während Michael in der Firma aufstieg, kam Linda in Berlin an. Sie hatte Ludwig in einem Brief mitgeteilt, dass sie mit ihm über Michael sprechen wollte.

„Ich habe viel nachgedacht, Ludwig", begann Linda, als sie in einem Café in Charlottenburg saßen. „Es war ein Fehler, dir nie von Michael zu erzählen. Aber damals war ich jung, allein und überfordert."

Ludwig sah sie an, seine Augen voller Verständnis. „Linda, ich mache dir keine Vorwürfe. Aber ich bin froh, dass wir jetzt die Chance haben, das wieder gutzumachen."

Linda nickte. „Ich möchte Michael sehen."

Linda kam zum zweiten Mal innerhalb weniger Wochen nach Berlin. Sie hatte das Gefühl, dass die Fäden ihres Lebens, die so lange lose und getrennt voneinander verliefen, nun langsam zusammengeführt werden mussten. Die Begegnung mit Ludwig hatte sie tief bewegt, und ihre Gedanken drehten sich unaufhörlich um Michael und die Möglichkeit, eine Verbindung zu ihm wiederherzustellen.

Als sie erneut im Werk von Ludwig Bosch eintraf, empfing er sie mit einem warmen Lächeln. "Linda, ich habe mit Michael gesprochen. Er weiß, dass du hier bist und möchte dich treffen."

Linda fühlte, wie ihre Knie weich wurden. "Wie hat er reagiert, als du ihm gesagt hast, dass ich komme?"

"Er war überrascht, aber nicht abgeneigt. Er hat viele Fragen, und ich glaube, er sehnt sich nach Antworten, genauso wie du," antwortete Ludwig einfühlsam.

Sie nickte und nahm Ludwigs Hand, die er ihr zur Beruhigung reichte. "Wann kann ich ihn sehen?"

Das Treffen fand in einem kleinen Café statt, das Michael ausgesucht hatte. Es war ein ruhiger Ort mit einer gemütlichen Atmosphäre, weit entfernt von den geschäftigen Straßen Berlins. Linda saß nervös an einem der Tische, die Hände um ihre Tasse Kaffee geklammert, als die Tür aufging und Michael eintrat.

Er war groß, schlank und hatte die gleiche Haltung wie Ludwig. In seinen Augen erkannte sie sich selbst und spürte sofort eine Welle der Emotionen, die sie kaum kontrollieren konnte.

"Michael," sagte sie leise und stand auf.

"Frau Oswald," begann er förmlich, zögerte dann aber und fügte hinzu: "Oder sollte ich dich... Mama nennen?"

Tränen füllten Lindas Augen. "Nenn mich, wie du willst, mein Junge. Ich bin einfach froh, dich zu sehen."

Michael setzte sich ihr gegenüber und musterte sie.

"Warum hast du so lange geschwiegen? Warum hast du mir nie gesagt, wer mein Vater ist?"

Linda begann, ihm alles zu erzählen – von ihrer Jugend, ihrer Flucht in die Schweiz, den Kämpfen, die sie allein durchstehen musste, und ihrer Angst, die Wahrheit zu sagen. "Ich dachte, ich tue das Richtige, aber ich habe dich damit nur verletzt. Es tut mir so leid, Michael."

Michael hörte ihr aufmerksam zu, ohne sie zu unterbrechen. Am Ende nickte er langsam. "Ich kann nicht sagen, dass es einfach ist, das zu hören, aber ich bin froh, dass du hier bist. Es ist ein Anfang."

34. Konflikt mit Bernd Oswald

Währenddessen brodelte es in der Schweiz. Bernd Oswald, der Lindas zweite Reise nach Berlin als direkten Affront empfand, rief mehrmals an und hinterließ wütende Nachrichten auf dem Anrufbeantworter ihres Hotels. In einer der Nachrichten brüllte er: "Wenn du nicht sofort zurückkommst, gibt es Konsequenzen, Linda!"

Linda hörte die Nachricht und seufzte. Sie wusste, dass ihre Ehe mit Bernd an einem kritischen Punkt angelangt war. Die Liebe, die einst zwischen ihnen bestanden hatte, war längst zu einer Hülle geworden, ausgefüllt mit Eifersucht und Missverständnissen.

"Was wirst du tun?" fragte Ludwig, als sie ihm die Nachrichten zeigte.

"Ich muss zurück, um die Dinge zu klären," sagte Linda entschieden. "Aber ich komme wieder. Mein Platz ist jetzt hier, bei Michael und bei dir."

Ludwig nahm ihre Hand. "Wenn du zurückkommst, bin ich hier. Für dich, für Michael – für uns."

Als Linda nach Hause zurückkehrte, fand sie Bernd in seinem Arbeitszimmer, umgeben von leeren Whiskyflaschen. Er sah sie mit glasigen Augen an. "Also, bist du endlich zurückgekommen. Hast du genug Zeit mit deinem Liebhaber verbracht?"

"Bernd, das ist nicht der richtige Moment für Anschuldigungen," sagte Linda ruhig. "Ich bin hier, um ehrlich zu sein. Unsere Ehe ist am Ende."

Bernd stand schwankend auf. "Du willst mich verlassen? Wegen ihm?"

"Nicht wegen ihm. Wegen uns. Ich habe dich geliebt, Bernd, aber wir haben uns verloren. Und jetzt kann ich nicht mehr weitermachen," erklärte Linda mit einer Klarheit, die sie selbst überraschte.

Bernd ließ sich zurück in seinen Sessel fallen, und sein Blick wurde leer. "Dann geh. Nimm, was du brauchst. Aber ich werde niemals vergessen, was du mir angetan hast."

Zurück in Berlin fand Linda bei Ludwig und Michael Trost und Unterstützung. Die Beziehung zwischen Mutter und Sohn wuchs langsam, aber stetig. Sie verbrachten gemeinsame Abende, an denen sie über Michaels Kindheit, seine Arbeit und seine Träume sprachen.

Ludwig war immer an ihrer Seite, still und doch präsent, ein Anker in der stürmischen See ihres Lebens. "Wir haben eine zweite Chance bekommen, Linda," sagte er eines Abends. "Lass uns das Beste daraus machen."

Linda lächelte und nickte. "Das werde ich. Für Michael, für uns – und für mich."

Die Vergangenheit mochte voller Schmerz und Verlust gewesen sein, aber die Zukunft versprach Hoffnung und Heilung.

„Wenn das nicht anders geht, dann fahre halt nach Berlin!" gab er nach und begab sich ins Badezimmer. Man hörte das Wasser der Dusche plätschern.... Nach dem Frühstück ließ sich Linda zu ihrem Friseur fahren, um Abstand von ihrem Mann Bernd zu bekommen. Sie wollte in Ruhe über alles nachdenken. Wollte sie den Rest ihres Lebens mit einem cholerischen, aggressiven Mann verbringen, der ihren Sohn nicht mochte? Er hatte zwar sehr viel Geld und verwöhnte sie mit seinen teuren Geschenken, doch was bedeutete das schon, wenn es an Liebe mangelte und sie umher gestoßen wurde? Eines war ihr klar, daß ihr Leben so nicht mehr weitergehen konnte.
Da sie noch mehrere Tage den Kopfverband tragen musste, und nach 7 Tagen die Fäden erst gezogen würden, erwog sie doch noch so lange in der Schweiz in der Villa zu bleiben, bis sie gänzlich genesen war und die Fäden danach entfernt wurden. Ihr Mann Bernd musste eh nach weiteren zwei Tagen zu einer wichtigen beruflichen Besprechung nach Holland verreisen. Bis dahin ging ihrem Mann aus dem Weg, wo sie nur konnte und sehnte sich nach der Reise nach Berlin, wo sie nicht nur Michael treffen würde, sondern auch Ludwig wiedersehen würde.

35. Besuch bei Monika Seibold

Mit einem sanften Lächeln öffnete Monika Seibold die Tür. „Linda! Wie lange ist es her?" rief sie, bevor sie ihre Freundin herzlich umarmte. Die Wärme dieser Begrüßung fühlte sich für Linda wie ein kleiner Anker in ihrem oft stürmischen Leben an.

„Zu lange," entgegnete Linda. „Ich bin froh, hier zu sein."

Die beiden Frauen setzten sich ins gemütliche Wohnzimmer. Der Duft von frisch gebrühtem Kaffee erfüllte den Raum, während Monika die Tassen auf den kleinen Holztisch stellte.

„Wie geht es dir, Linda?" fragte Monika, ihre Stimme voller Fürsorge.

Linda seufzte und nahm einen Schluck Kaffee. „Ich bin auf dem Weg nach Berlin. Nach all den Jahren will ich endlich Michael wiedersehen. Ich muss ihm so vieles erklären und hoffe, er kann mir verzeihen."

Monika nickte langsam. „Ich wusste, dass dieser Moment kommen würde. Michael hat mich damals gefragt, wer sein Vater ist. Es brach mir das Herz, ihn so verloren zu sehen, Linda. Deshalb habe ich ihm von Ludwig erzählt."

Linda legte ihre Tasse ab und blickte Monika

nachdenklich an. „Ich verstehe, warum du es getan hast. Ich war damals so blind vor Angst und Überforderung, dass ich ihm die Wahrheit nicht gesagt habe. Jetzt frage ich mich, ob er mich noch sehen will, ob er überhaupt bereit ist, mir zu vergeben."

„Linda," sagte Monika mit Nachdruck, „Michael ist ein starker Mann geworden. Ich glaube, er wird dich nicht ablehnen. Gib ihm Zeit, sich an die Situation zu gewöhnen. Er liebt dich – das wird dir sein Blick verraten, sobald ihr euch gegenübersteht."

Linda spürte, wie sich eine Träne den Weg über ihre Wange bahnte. „Danke, Monika."

Monika reichte Linda ein Taschentuch und legte tröstend ihre Hand auf Lindas. „Du hast Fehler gemacht, wie wir alle, aber du hast immer nur das Beste für ihn gewollt. Michael wird das erkennen, wenn er dich sieht."

Linda nickte langsam, während sie sich die Tränen aus den Augenwinkeln wischte. „Manchmal frage ich mich, ob ich zu spät dran bin. So viele Jahre sind vergangen."

„Es ist nie zu spät, Linda. Solange wir atmen, gibt es die Möglichkeit, Dinge zu ändern," sagte Monika mit fester Stimme. „Michael hat so viele Fragen, die nur du beantworten kannst. Er hat gesucht, Linda. Und jetzt bist du bereit, gefunden zu werden."

Die beiden Frauen saßen einen Moment schweigend
da, bis Monika das Gespräch auflockerte. „Erzähl mir,
wie du ihn treffen willst. Ich hoffe, du hast etwas
Besonderes geplant!"

Linda lächelte matt. „Besonders? Nein, ich möchte
einfach ehrlich sein. Es gibt so viel, das er wissen
muss – über mich, über Ludwig, über alles, was
damals geschah. Und ich hoffe, dass das reicht."

Monika lehnte sich zurück und betrachtete ihre
Freundin nachdenklich. „Ehrlichkeit ist der beste
Plan, Linda. Aber vergiss nicht, ihm auch zu zeigen,
wie stolz du auf ihn bist. Er hat sich alles selbst
aufgebaut."

„Ich weiß," sagte Linda mit einem warmen Lächeln.
„Ludwig hat mir erzählt, wie erfolgreich er ist. Ich
könnte nicht stolzer auf meinen Sohn sein."

Als Linda nach einer guten Stunde aufbrach,
begleitete Monika sie bis zur Tür. „Grüß Michael von
mir. Und sag ihm, dass er uns besuchen soll, wenn er
mal in Bern ist."

„Das werde ich, Monika. Danke, dass du immer für
mich da bist," sagte Linda, bevor sie ihre Freundin
ein letztes Mal umarmte und in die Limousine stieg.

36. Der Unfall

Die Limousine glitt sanft über die Autobahn in Richtung Berlin. Linda lehnte sich auf dem Rücksitz zurück, ihr Blick wanderte durch das Fenster, während die Landschaft an ihr vorbeizog. Gedanken an Michael und das bevorstehende Wiedersehen erfüllten ihren Geist. Sie war so in ihre Überlegungen vertieft, dass sie vergaß, sich anzuschnallen.

„Alles in Ordnung, Frau Oswald?" fragte Gottlieb, während er einen prüfenden Blick in den Rückspiegel warf.

„Ja, danke, Gottlieb. Ich bin nur ein wenig in Gedanken," antwortete Linda, ohne die Augen von der vorbeiziehenden Landschaft zu nehmen.

Plötzlich zerriss das Kreischen von Reifen die Stille. Ein Lkw zog abrupt auf die linke Spur, zwang Gottlieb zu einer Vollbremsung. Die Limousine geriet ins Schleudern, drehte sich und kam quer zur Fahrbahn zum Stehen. Ein nachfolgendes Fahrzeug konnte nicht mehr rechtzeitig bremsen und prallte mit voller Wucht in die Seite der Limousine – genau dort, wo Linda saß. Alles ging so schnell, dass Linda kaum realisierte, was geschah. Der Aufprall schleuderte sie gegen die Tür. Schmerz durchzuckte ihren Körper, bevor Dunkelheit sie umfing.

37. Im Krankenhaus

Als Linda die Augen öffnete, war ihr erster Gedanke, wo sie war. Alles wirkte verschwommen. Der sterile Geruch des Krankenhauses ließ keinen Zweifel daran, dass sie nicht mehr in der Limousine war. Ihre Glieder fühlten sich schwer an, und der Schmerz kehrte zurück, sobald sie sich bewegen wollte. Sie blickte an sich herab: Ein Bein war geschient, das andere stark verbunden. Eine Halskrause hielt ihren Kopf in einer unbequemen Position.

Eine freundliche Krankenschwester erschien an ihrem Bett. „Frau Oswald, Sie hatten einen schweren Unfall. Sie wurden operiert. Ein gebrochenes Bein, zwei Rippenbrüche und ein Schleudertrauma – aber Sie hatten großes Glück."

Linda versuchte zu sprechen, doch ihre Stimme war heiser. „Hat… hat Gottlieb…?" Die Schwester beruhigte sie. „Ihr Chauffeur hat nur ein paar Prellungen und ist wohlauf. Er war sehr besorgt um Sie."

Noch bevor Linda reagieren konnte, öffnete sich die Tür, und Ludwig trat mit einem großen Blumenstrauß ein. Seine Augen waren voller Sorge, doch er bemühte sich um ein aufmunterndes Lächeln. „Hallo, Linda. Wie geht es dir? Du hast uns alle erschreckt."

Linda versuchte zu lächeln, doch die Schmerzen ließen es kaum zu. „Es tut gut, dich zu sehen, Ludwig. Danke, dass du gekommen bist."

Ludwig stellte den Strauß ab und setzte sich an ihre Seite. „Ich werde mich um dich kümmern, solange du hier in Berlin bist. Soll ich Michael informieren? Er sollte wissen, dass du auf dem Weg zu ihm warst."

Linda nickte schwach. „Ja, bitte. Es wird Zeit, dass wir uns aussprechen."

Sie griff nach seiner Hand. „Ludwig, ich muss dir etwas sagen. Mein Mann… Ich liebe ihn nicht. Ich habe ihn nie geliebt. Es war nur eine Zweckehe. Ich habe es immer bereut."

Ludwig drückte ihre Hand sanft. „Linda, wir haben Zeit, das alles zu klären. Jetzt ist wichtig, dass du dich erholst. Michael wird sich freuen, dich zu sehen. Ich werde ihn informieren und ihn morgen mitbringen."

Linda nickte dankbar, die Erschöpfung zeichnete sich in ihrem Gesicht ab. „Danke, Ludwig. Du bist immer für mich da."

„Und ich werde es immer sein", antwortete er leise, bevor er die Krankenschwester bat, sich um eine Vase für die Blumen zu kümmern.

Später am Abend griff Ludwig zum Telefon und wählte Michaels Nummer. „Michael, ich habe Neuigkeiten, die dich betreffen. Deine Mutter hatte einen Unfall. Sie ist im Krankenhaus, aber sie wollte dich unbedingt sehen."

Michael schwieg für einen Moment, bevor er mit fester Stimme antwortete. „Ich komme morgen. Sag ihr, ich werde da sein."

Ludwig legte auf und atmete tief durch. Der morgige Tag versprach, ein bedeutender zu werden – für alle Beteiligten.

38. Das Wiedersehen

Am nächsten Tag besorgte Michael in der Mittagspause einen Blumenstrauß für seine Mutter und weil er vor der Begegnung mit ihr ein wenig Zuspruch brauchte, telefonierte er noch mit seiner Freundin Jeanette, die sich bereit erklärte, mit ihm den Krankenbesuch zu machen.

Er freute sich über ihr Angebot, ihn zu begleiten und beide gingen abends zusammen zu ihrem Krankenzimmer.

Auf ihr Klopfen war nur ein schwaches „Herein" zu vernehmen und als sich die Tüte öffnete, traute Linda ihren Augen nicht: aus ihrem kleinen Söhnchen war ein stattlicher Mann mit hübschem Gesicht, strahlenden Augen und glänzend, schwarzem Haaren geworden. Er war rasiert und gepflegt und hatte auch noch ein Mädchen mit dabei.

„Ich grüße euch herzlich!" eröffnete Linda das Gespräch.

„Hallo Mutter, wie geht es dir? Darf ich dir Jeanette, meine Freundin vorstellen?"

„Schön, daß ihr beide gekommen seid. Ich möchte dich bitten, Michael, mir meine begangenen Fehler zu verzeihen. Ich habe dazugelernt und bereue sehr, daß ich nicht mehr Zeit mit dir verbracht habe. Außerdem habe ich dir deinen leiblichen Vater, Ludwig Bosch verschwiegen. Das tut mir alles sehr leid. Umso

schöner ist es für mich zu sehen, daß du dir selber das
Leben aufgebaut hast, einen Beruf erlernt und
vorwärts gekommen bist. Dein Vater hat mir einiges
über dich erzählt. Ich bin sehr stolz auf dich. Ich freue
mich auch für dich, daß du so eine nette Freundin
hast. Was machen sie beruflich? fragte Linda an
Jeanette gewandt. In der gleichen Firma wie Michael.
Aber sie können ruhig „Du" zu mir sagen!" schlug
Jeanette vertraulich vor." Gerne, Jeanette. Ich bin
Linda für dich!"
„Wir werden jetzt öfter zu dir kommen und dich im
Krankenhaus besuchen. Wenn du was benötigen
solltest, sag bitte Bescheid, dann besorgen wir dir
Dinge, die du brauchst", schlug Michael vor.
„Danke, das ist nett von dir. Ganz dringend bräuchte
ich Zahnputzmittel und Zahnbürste. Bitte rufe auch
kurz in der Schweiz bei meiner Haushälterin an,
damit die ans Krankenhaus mir Nachthemden,
Morgenrock und ein paar Handtücher schickt, die ich
auch dringend brauche. Ich war ja eigentlich auf dem
Weg nach Berlin zu dir, Michael, weil dein Vater mir
gesagt hat, dass du in seiner Firma arbeitest. Ich
wollte dich besuchen und um Verzeihung bitten, aber
jetzt ist durch den Unfall alles anders gekommen. Ich
bin so froh dich gesund zu sehen. Ich habe mich oft
gefragt, wo du wohl hingegangen bist und mir
Vorwürfe gemacht, weil ich dir den Namen deines
Vaters damals nicht gesagt habe", antwortete Linda.
„Mutter, streng dich nicht so sehr an. Wir haben noch

sehr viel Zeit, wo wir miteinander reden können. Ich
hoffe sehr, daß wir uns jetzt öfter sehen, wenn du
wieder genesen bist", meinte Michael fürsorglich.
„Ja, du hast recht. Ich habe jetzt auch genügend Zeit,
über alles nochmal gründlich nachzudenken, denn ich
glaube fast, daß meine Heirat mit Bernd der größte
Fehler meines Lebens war", schloss sie einsichtig und
nachdenklich.
„Wir kommen ein anderes mal wieder, um dich zu
besuchen. Erhole dich gut und werde schnell wieder
gesund!"
Er verabschiedete sich mit einem Kuss auf Lindas
Wange und auch Jeanette gab ihr höflich die Hand um
Abschied. Mütterliche, längst vergessene Gefühle
machten sich im Herzen von Linda breit und als die
beiden hinausgegangen waren, rannen vor lauter
Glück und Seligkeit Tränen von ihren leicht geröteten
Wangen, so sehr freute sie sich, daß sie ihren einzigen

39. Die Patientin

Jeden Tag nach Geschäftsschluss besuchte Ludwig
Linda im Krankenhaus und nach anfänglichen
Schmerzen besserte sich ihr Zustand von Tag zu Tag.
Er brachte ihr jeden Tag ein kleines Geschenk mit und
las ihr jeden Wunsch von den Augen ab. Eine
Vertrautheit stellte sich zwischen ihnen ein, als ob all
die Jahre, die sie getrennt waren, einfach nicht da
gewesen wären.

Bald konnte sie mit Krücken die ersten Gehversuche
mit Gipsbein machen und Ludwig unternahm kleine
Spaziergänge mit ihr im Krankenhausbereich.

Nach drei Wochen war wohl die Kunde von dem
Unfall zu ihrem Ehemann Bernd gedrungen, der sich
dann wohl in Richtung Berlin ins Krankenhaus
aufgemacht hatte.

Als er das Krankenzimmer betrat, saß gerade Ludwig
am Bett der Patientin und hielt ihr die Hand. Neu
entflammte die alte Eifersucht, die man ihm am
Gesicht ablesen konnte.

„Hallo!" brüllte er nicht gerade leise ins Zimmer und
beide drehten sich nach ihm um.

„Ich habe leider erst gestern erfahren, daß du einen
Unfall hattest, weil ich gestern erst von der
Geschäftsreise in Schweden zurückgekommen bin",
erklärte er seine Abwesenheit.

„Hallo Bernd!" begrüßte ihn Linda.

„Ich komme ein anderes Mal wieder. Tschüss Linda!"

99

verabschiedete sich Ludwig eilig, denn er wollte, daß sich die Eheleute unter sich aussprechen konnten und wollte dabei nicht stören.

„Na, wie geht es dir denn? Was ist passiert?" fragte Bernd.

„ Ich erzähle es dir von Anfang an, damit du mich besser verstehen kannst", antwortete Linda.

„Dann erzähl mal...Wer war denn das eben?"

„Ein Freund von früher und der Vater meines Sohnes!" erklärte Linda sachlich.

„Da hätte ich ja selber drauf kommen können, also so ist das!" konstatierte Bernd, dessen Eifersucht neu entflammt war.

„Wenn du mich erzählen lässt, erfährst du alles!" sagte Linda ungeduldig.

„In Ordnung, erkläre mir mal die Zusammenhänge!" forderte er vehement.

„ Es begann schon vor dem Krieg, als Ludwig und ich zusammenkamen. Damals waren wir jung und stürmisch und erst nachdem Ludwig in den Krieg abgezogen war, merkte ich, daß ich schwanger war. Da ich eine Mutter hatte, die Jüdin war, ging ich fort von Deutschland in die Schweiz, wo Michael zur Welt kam. Ich bastelte an meiner Karriere, der Leidtragende war Michael, für den ich sehr wenig Zeit hatte, das weißt du ja selber. Ludwig und ich trafen uns nie wieder bis zu dem Zeitpunkt, als er mich in der Schweiz aufsuchte, um abzuklären, ob Michael sein Sohn ist oder nicht, denn er ist ihm sehr ans Herz gewachsen und will ihm die Verantwortung für seinen Betrieb irgendwann geben. Verstehst du jetzt das Ganze besser als vorher oder willst du mich wieder schlagen?" fragte sie herausfordernd.

„Es tut mir leid, daß ich dich geschlagen habe und ich glaube, es ist überfällig, dass ich dich um Verzeihung bitte", antwortete er demütig.

„Aber ich hatte im Krankenhaus viel Zeit zum Nachdenken, Bernd. Ich kann nicht mehr bei dir bleiben, weil ich dich nicht liebe. Es tut mir ehrlich leid, daß ich mir selber was vorgemacht habe. Ich will die Scheidung!" forderte sie spontan.

Wie vom Blitz getroffen brüllte Bernd laut auf:" Das kannst du nicht tun, nicht mit mir. Da läuft also doch mehr als du zugibst, oder?" Ich werde dir Knüppel zwischen die Beine schmeißen, wenn du dich von mir scheiden lassen willst!"

„Meine Entscheidung ist getroffen. Außerdem schreie bitte nicht so laut. Wir sind in einem Krankenhaus, da darf man nicht so schreien", versuchte sie ihn zu beruhigen.

„Du Miststück! Ich werde allen erzählen, was du mir angetan hast. Du bekommst keine Rolle mehr, wenn ich der Presse von deiner Vergangenheit erzähle! So einfach kommst du mir nicht davon!" Cholerisch und gestikulierend am Krankenbett wetternd, machte ihn ein Krankenpfleger darauf aufmerksam, hier nicht unnötig herumzuschreien, packte ihn unsanft und schob ihn zur Zimmertüre hinaus.

Zunächst wusste Bernd gar nicht, wie ihm geschehen war und sträubte sich noch gegen den Pfleger. Dieser machte ihm klar, daß er die Polizei informieren würde, wenn er nicht augenblicklich das Krankenhaus verlassen würde, denn wegen Belästigung und Ruhestörung würde er sonst angezeigt!
Wütend und voller Hass auf Linda, der er das Leben ab jetzt zur Hölle machen würde, verließ er das Gebäude und fuhr so schnell wie möglich nach Hause in die Schweiz.
Nach weiteren drei Wochen wurde Linda vom Krankenhaus entlassen und sie hatte Michael gefragt, ob er ihr nicht eine kleine Wohnung in Berlin besorgen könnte, weil sie nicht mehr zu ihrem cholerischen Noch-Ehemann Bernd zurückgehen wollte, der vor Übergriffen nicht zurückschreckte.
Ihrer Haushälterin schrieb sie einen Brief, daß sie ihre Wäsche, ihre persönliche Korrespondenz, ihre Wertsachen und ihren Schmuck für sie einpacken sollte und schickte ihren Chauffeur zur Villa in die Schweiz, um alles abzuholen. Sie reichte die Scheidung bei dem renommierten Scheidungsanwalt Maier ein und besuchte öfter das Theater in Berlin, um alte Freunde zu treffen.
Mit Ludwig unternahm sie oft lange Spaziergänge an den Wochenenden und die alte Vertrautheit und eine innige Liebe verband die beiden. Auch wegen Michael sprachen sie öfter und Ludwig veranlasste, ihn als seinen Sohn anerkennen zu lassen. Außerdem

wollte er ihn als seinen,, Es begann schon vor dem Krieg, als Ludwig und ich zusammenkamen. Damals waren wir jung und stürmisch und erst nachdem Ludwig in den Krieg abgezogen war, merkte ich, daß ich schwanger war. Da ich eine Mutter hatte, die Jüdin war, ging ich fort von Deutschland in die Schweiz, wo Michael zur Welt kam. Ich bastelte an meiner Karriere, der Leidtragende war Michael, für den ich sehr wenig Zeit hatte, das weißt du ja selber. Ludwig und ich trafen uns nie wieder bis zu dem Zeitpunkt, als er mich in der Schweiz aufsuchte, um abzuklären, ob Michael sein Sohn ist oder nicht, denn er ist ihm sehr ans Herz gewachsen und will ihm die Verantwortung für seinen Betrieb irgendwann geben. Verstehst du jetzt das Ganze besser als vorher oder willst du mich wieder schlagen?" fragte sie herausfordernd.

„Es tut mir leid, daß ich dich geschlagen habe und ich glaube, es ist überfällig, dass ich dich um Verzeihung bitte", antwortete er demütig.

„Aber ich hatte im Krankenhaus viel Zeit zum Nachdenken, Bernd. Ich kann nicht mehr bei dir bleiben, weil ich dich nicht liebe. Es tut mir ehrlich leid, daß ich mir selber was vorgemacht habe. Ich will die Scheidung!" forderte sie spontan.

Wie vom Blitz getroffen brüllte Bernd laut auf:" Das kannst du nicht tun, nicht mit mir. Da läuft also doch mehr als du zugibst, oder?" Ich werde dir Knüppel zwischen die Beine schmeißen, wenn du dich von mir

103

scheiden lassen willst!"

„Meine Entscheidung ist getroffen. Außerdem schreie bitte nicht so laut. Wir sind in einem Krankenhaus, da darf man nicht so schreien", versuchte sie ihn zu beruhigen.

„Du Miststück! Ich werde allen erzählen, was du mir angetan hast. Du bekommst keine Rolle mehr, wenn ich der Presse von deiner Vergangenheit erzähle! So einfach kommst du mir nicht davon!" Cholerisch und gestikulierend am Krankenbett wetternd, machte ihn ein Krankenpfleger darauf aufmerksam, hier nicht unnötig herumzuschreien, packte ihn unsanft und schob ihn zur Zimmertüre hinaus.

Zunächst wusste Bernd gar nicht, wie ihm geschehen war und sträubte sich noch gegen den Pfleger. Dieser machte ihm klar, daß er die Polizei informieren würde, wenn er nicht augenblicklich das Krankenhaus verlassen würde, denn wegen Belästigung und Ruhestörung würde er sonst angezeigt!

Wütend und voller Hass auf Linda, der er das Leben ab jetzt zur Hölle machen würde, verließ er das Gebäude und fuhr so schnell wie möglich nach Hause in die Schweiz.

Nach weiteren drei Wochen wurde Linda vom Krankenhaus entlassen und sie hatte Michael gefragt, ob er ihr nicht eine kleine Wohnung in Berlin besorgen könnte, weil sie nicht mehr zu ihrem cholerischen Noch-Ehemann Bernd zurückgehen wollte, der vor Übergriffen nicht zurückschreckte.

Ihrer Haushälterin schrieb sie einen Brief, daß sie ihre Wäsche, ihre persönliche Korrespondenz, ihre Wertsachen und ihren Schmuck für sie einpacken sollte und schickte ihren Chauffeur zur Villa in die Schweiz, um alles abzuholen. Sie reichte die Scheidung bei dem renommierten Scheidungsanwalt Maier ein und besuchte öfter das Theater in Berlin, um alte Freunde zu treffen.

Mit Ludwig unternahm sie oft lange Spaziergänge an den Wochenenden und die alte Vertrautheit und eine innige Liebe verband die beiden. Auch wegen Michael sprachen sie öfter und Ludwig veranlasste, ihn als seinen Sohn anerkennen zu lassen. Außerdem wollte er ihn als seinen Nachfolger im Betrieb aufbauen, sodass er in ein paar Jahren die Firma Bosch an ihn übergeben könnte.

 Die Töchter von Ludwig verfolgten andere berufliche Ziele, wie er wusste. Seine älteste Tochter studierte Marketing und seine andere Tochter war Modefotografin geworden. Beide waren froh, daß sie den Betrieb ihres Vater nicht übernehmen mussten, wurden aber großzügig mit einer Abfindung im Testament von Ludwig bedacht.

40. Ein neuer Anfang

Linda war in ihrem Leben oft mit schwierigen
Entscheidungen konfrontiert worden, doch nichts
hatte sie so sehr zerrissen wie ihre Ehe mit Bernd.
Nach außen hin schien alles perfekt: ein
wohlhabender Mann, ein luxuriöses Leben, eine
Karriere als Schauspielerin. Doch hinter den Kulissen
herrschte ein Klima der Angst und des Unglücks.
Bernd war cholerisch, kontrollierend, und seine Wut
entlud sich immer wieder in verletzenden Worten –
und manchmal sogar in Taten.

Eines Abends, nachdem Linda sich erneut gegen eine
Konfrontation mit Bernd wehren musste, fand sie sich
weinend in ihrem Schlafzimmer wieder. Sie griff zum
Telefon und rief Monika Seibold an, ihre älteste
Freundin. „Monika, ich weiß nicht, wie lange ich das
noch ertrage. Ich kann nicht mehr," gestand Linda.

„Linda, du musst etwas ändern," antwortete Monika
mitfühlend. „Es geht hier um dein Leben. Du
verdienst es, glücklich zu sein."

Linda wusste, dass Monika recht hatte, doch der
Gedanke, ihre Ehe zu beenden, machte ihr Angst. Sie
hatte sich zu sehr an das Leben gewöhnt, das Bernd
ihr bot – trotz all seiner Schattenseiten.

Aber es half nichts: Linda mußte unter ihre ehe einen

Schlußstrich setzen. Bernd polterte und drohte ihr mit Verleumdungen. Dadurch machte er es für alle Beteiligten nur noch schlimmer und bestätigte Linda in ihrem entschluß, sich von ihm endgültig zu trennen.

Linda widmete sich nach der endgültigen Trennung von Bernd und ihrer wachsenden Nähe zu Ludwig mit neuem Elan ihrer Schauspielkarriere. Die Bühne wurde zu einem Ort der Befreiung, wo sie die vergangenen Strapazen hinter sich lassen konnte. Ihre Rollen wurden nuancierter, durchzogen von den Tiefen ihrer Lebenserfahrungen, und ihr Publikum schätzte ihre Darbietungen umso mehr. Dennoch fand sie stets die Zeit, um mit Ludwig gemeinsame Momente zu genießen und ihre Beziehung weiter zu vertiefen.

Ludwig, der zunehmend Verantwortung im Unternehmen abgab, fokussierte sich darauf, Michael behutsam in die komplexen Mechanismen der Betriebsführung einzuführen. Die Übergabe des Unternehmens war kein einfacher Prozess, doch Ludwig war zuversichtlich. „Michael macht das hervorragend", sagte er eines Abends zu Linda, während sie nach einem Spaziergang auf der Terrasse saßen. „Er hat den Blick für das Wesentliche, und was noch wichtiger ist – er hat Herz."

Linda lächelte ihn liebevoll an. „Und das hat er von dir. Du bist ein großartiger Mentor, Ludwig. Du gibst ihm nicht nur Wissen, sondern auch Vertrauen."

Eines sonnigen Herbsttages überraschte Ludwig
Linda mit einer Reise in die Berge. „Pack deine
Sachen für ein paar Tage, mein Schatz. Wir fahren an
einen besonderen Ort." Linda, neugierig und ein
wenig aufgeregt, folgte seiner Anweisung. Als sie
schließlich an einer kleinen, idyllisch gelegenen
Kapelle ankamen, erkannte sie den Ort wieder. „Das
ist doch..." begann sie, doch Ludwig unterbrach sie
sanft.

„Ja, genau hier, Linda. Erinnerst du dich an unsere
erste Wanderung, als wir vom Regen überrascht
wurden? Damals habe ich mir geschworen, dass ich
dich eines Tages hierher zurückbringe – nicht nur für
einen Spaziergang, sondern für etwas Größeres."

Vor der Kapelle blieb Ludwig stehen, zog eine kleine
Schachtel aus seiner Tasche und kniete sich vor sie.
„Linda, du bist das Beste, was mir je passiert ist. Ich
möchte, dass wir die letzten Jahre vergessen und die
kommenden Jahre gemeinsam genießen. Willst du
meine Frau werden?"

Linda schluckte, ihre Augen füllten sich mit Tränen.
„Ludwig... ja! Ja, ich will!" Ihre Stimme war voller
Emotionen.

Der Pfarrer, der zufällig anwesend war, lächelte. „Es
wäre mir eine Ehre, euch hier und jetzt zu trauen",
sagte er herzlich.

Spontan gaben sich Linda und Ludwig in der kleinen Kapelle das Jawort. Die Atmosphäre war intim, unvergesslich und voller Bedeutung. Als sie später Arm in Arm aus der Kapelle traten, schien die Sonne golden durch die bunten Blätter der Bäume, und Linda spürte, dass sie einen Neuanfang gewagt hatte – einen, der von Liebe und Hoffnung geprägt war.

Zurück in Berlin erwartete sie eine weitere Überraschung. Michael hatte die Neuigkeiten im Betrieb verbreitet und ein kleines Fest organisiert. „Willkommen zu Hause, Frau Bosch", sagte Michael lachend, als er seine Mutter zur Begrüßung umarmte. Jeanette stand an seiner Seite und fügte mit einem verschmitzten Lächeln hinzu: „Und noch eine Neuigkeit – ihr werdet bald Großeltern."

Linda und Ludwig konnten ihr Glück kaum fassen. „Das ist ein wahrhaft neuer Anfang", flüsterte Linda, während Ludwig sie liebevoll in den Arm nahm.

In den folgenden Monaten wuchs nicht nur die Familie, sondern auch das Unternehmen. Michael führte den Betrieb mit Leidenschaft, während Linda und Ludwig ihre neue Rolle als Großeltern voll und ganz genossen. Das Leben hatte sie auf Umwegen zu diesem Glück geführt – doch wie Linda immer sagte: „Besser spät als nie."

41. Ein neuer Weg mit Ludwig

In Berlin begann Linda ein neues Leben. Sie nahm wieder Engagements am Theater an und genoss die Freiheit, Entscheidungen für sich selbst zu treffen. Ludwig war in dieser Zeit eine konstante Stütze. Sie verbrachten viel Zeit zusammen, gingen spazieren, besuchten Cafés und sprachen über die Vergangenheit – und die Zukunft.

Eines Abends saßen sie gemeinsam im Theatercafé, als Ludwig ihre Hand nahm. „Linda," begann er, „wir haben so viel durchgemacht, aber ich liebe dich noch immer. Ich möchte, dass wir die Zeit, die uns bleibt, gemeinsam genießen. Willst du mit mir einen neuen Anfang wagen?"

Linda sah ihn an, Tränen in den Augen. „Ludwig, du bist das Beste, was mir je passiert ist.

Eines Abends, während sie bei einem Glas Wein im Garten saßen, nahm Ludwig Lindas Hand und sah sie ernst an.

„Linda, ich habe in den letzten Wochen viel nachgedacht", begann er. „Wir beide haben so viel erlebt, zusammen und getrennt. Aber ich möchte, dass unsere gemeinsame Zeit jetzt an erster Stelle steht."

42. Besser spät als nie

Linda widmete sich danach mit neuem Elan ihrer Schauspielkarriere. Die Bühne gab ihr die Möglichkeit, die vergangenen Strapazen hinter sich zu lassen, und sie genoss die Anerkennung ihres Publikums. Ihre Rollen wurden facettenreicher, und sie brachte all ihre Erfahrungen in die Darstellungen ein. Trotz ihrer beruflichen Verpflichtungen nahm sie sich jedoch die Zeit, ihre Beziehung zu Ludwig weiter zu vertiefen.

Ludwig hingegen war im Unternehmen stark eingebunden. Die Übergabe an Michael lief zwar planmäßig, aber die letzten Details der Betriebsleitung erforderten noch seine Aufmerksamkeit. Lieferverträge mussten erneuert, strategische Entscheidungen getroffen und die Mitarbeiter auf die Veränderungen vorbereitet werden. Dennoch ließ er keine Gelegenheit aus, Linda mit kleinen Gesten zu überraschen – ein Strauß ihrer Lieblingsblumen, ein romantisches Abendessen oder ein unerwartetes Wochenende auf dem Land.

Eines Abends, während sie bei einem Glas Wein im Garten saßen, nahm Ludwig Lindas Hand und sah sie ernst an.

„Linda, ich habe in den letzten Wochen viel nachgedacht", begann er. „Wir beide haben so viel erlebt, zusammen und getrennt. Aber ich möchte, dass unsere gemeinsame Zeit jetzt an erster Stelle steht."

Linda lächelte, ein wenig überrascht von seiner plötzlichen Ernsthaftigkeit. „Ludwig, was möchtest du sagen?"

Er holte tief Luft und zog einen kleinen, edel verzierten Umschlag aus seiner Jackentasche. „Ich habe für uns eine Reise geplant. Zwei Wochen nur wir beide – an einem Ort, der uns gut tut und an dem wir unsere Ruhe haben."

Linda öffnete den Umschlag mit zitternden Fingern. Darin lag ein Flugticket nach Santorini, eine Insel, die sie beide wegen ihrer Schönheit und Ruhe immer bewundert hatten.

„Ludwig..." Ihre Stimme zitterte vor Rührung. „Das ist wunderschön. Aber kannst du dir wirklich die Zeit nehmen? Die Firma, Michael –"

„Michael ist mehr als bereit, das Zepter vollständig zu übernehmen. Und die Firma wird ohne mich nicht untergehen", unterbrach Ludwig sie mit einem Lächeln. „Es ist Zeit, Linda. Zeit, dass wir uns das Leben nehmen, das wir uns verdient haben."

Nach ihrer Rückkehr nach Berlin war für beide nichts mehr wie vorher. Ludwig beschloss, seinen Platz im Unternehmen vollständig an Michael zu übergeben und sich fortan mehr auf soziale Projekte zu konzentrieren. Linda unterstützte ihn dabei mit ihrem Bekanntheitsgrad und ihrer kreativen Energie.

Gemeinsam gründeten sie eine Stiftung zur Förderung junger Talente in Kunst und Theater – ein Herzensprojekt, das sie noch enger zusammenschweißte.

Es war eine späte, aber wohlverdiente zweite Chance für beide, das Leben in vollen Zügen zu genießen. Und als sie eines Abends Arm in Arm durch den Berliner Tiergarten spazierten, schien alles, was sie durchgemacht hatten, ein notwendiger Teil ihrer Reise zu sein.

„Besser spät als nie, oder?" flüsterte Ludwig und küsste Linda zärtlich auf die Stirn.

„Ja", stimmte sie zu, ihre Augen funkelten vor Glück. „Besser spät als nie."

43. Der Antrag in den Bergen

Die Sonne stand hoch am Himmel, als Ludwig und Linda sich auf den Weg in die Berge machten. Die Luft war klar und frisch, und das sanfte Rascheln der Blätter sowie das Zwitschern der Vögel begleiteten sie auf ihrem Weg. Es war Ludwigs Idee gewesen, an diesen besonderen Ort zurückzukehren – die Alm, an der sie vor vielen Jahren von einem plötzlichen Regenschauer überrascht worden waren. Damals hatten sie Schutz in einer kleinen, alten Kapelle gesucht, und Ludwig hatte diesen Moment nie vergessen.

„Weißt du noch, wie wir hier gelandet sind?" fragte Ludwig, während sie den schmalen Pfad entlanggingen.

Linda blieb stehen und blickte in die Ferne. „Natürlich erinnere ich mich. Du hast mich damals mit deinem Lachen angesteckt, obwohl wir bis auf die Haut durchnässt waren."

Ludwig schmunzelte. „Und du hast dich über meine nassen Schuhe lustig gemacht. Du hast gesagt, sie sähen aus wie aufgeweichte Schwämme."

Linda lachte. „Das war, weil du so übertrieben vorsichtig warst, um nicht in den Matsch zu treten – und dann bist du trotzdem ausgerutscht."

114

Beide brachen in schallendes Gelächter aus und setzten ihren Weg fort. Der Pfad führte sie durch eine kleine Lichtung, bis die Kapelle schließlich vor ihnen auftauchte. Sie war immer noch genauso schlicht und charmant wie damals: ein kleines Gebäude aus Stein, umgeben von Wildblumen und mit einem einfachen Holzkreuz auf dem Dach.

Ludwig hielt inne und wandte sich Linda zu. „Das ist der perfekte Ort", murmelte er.

Linda runzelte die Stirn. „Perfekt wofür?" fragte sie neugierig.

Doch Ludwig antwortete nicht. Stattdessen griff er in seine Tasche, zog eine kleine rote Schachtel hervor und ging vor ihr auf die Knie. Linda keuchte überrascht und schlug sich eine Hand vor den Mund.

„Linda", begann er mit sanfter Stimme, während seine blauen Augen in die ihren blickten, „vor vielen Jahren habe ich hier begriffen, was du mir bedeutest. Ich habe damals einen Fehler gemacht, als ich dich gehen ließ. Aber jetzt, da wir wieder zueinander gefunden haben, möchte ich keinen weiteren Moment ohne dich verbringen. Willst du meine Frau werden?"

Linda starrte ihn einen Augenblick lang an, Tränen füllten ihre Augen. Sie ließ die Hand sinken und griff nach seinen. „Ludwig… das ist das Schönste, was je jemand zu mir gesagt hat. Natürlich will ich deine Frau werden. Besser spät als nie!"

Ludwig strahlte, öffnete die Schachtel und nahm einen schlichten goldenen Ring heraus. Vorsichtig schob er ihn auf ihren Finger. „Dieser Ring ist ein Symbol für das, was wir gemeinsam aufgebaut haben und noch aufbauen werden", sagte er leise.

Linda nickte, ihre Stimme zitterte vor Rührung.

Ludwig stand auf, zog Linda in eine innige Umarmung und drehte sie ein kleines Stück in die Luft. „Du hast mich so glücklich gemacht, Linda", sagte er mit leuchtenden Augen.

In diesem Moment öffnete sich die Tür der Kapelle. Ein älterer Priester trat hinaus, gefolgt von zwei Ministranten, die Körbe mit Blumen trugen. Der Priester lächelte freundlich. „Was für eine schöne Szene! Darf ich fragen, ob ihr heute hier seid, um zu beten oder um zu feiern?"

Ludwig grinste und sah Linda an. „Vielleicht können wir beides verbinden. Könnten Sie uns hier und jetzt trauen?"

Linda lachte überrascht, doch in ihren Augen funkelte Abenteuerlust. „Das wäre wohl die spontanste Entscheidung meines Lebens."

Der Priester nickte erfreut. „Nichts leichter als das. Kommt herein, wir haben alles, was wir brauchen."

Die kleine Kapelle war innen schlicht, mit weißen Holzbänken und einem kleinen Altar, der mit frischen

Blumen geschmückt war. Während die Ministranten eine Kerze entzündeten und ein Blumenbouquet aufstellten, führte der Priester Ludwig und Linda nach vorn.

„Möchtet ihr Ringe tauschen?" fragte er.

„Es war alles geplant – bis auf diesen wundervollen Moment jetzt", sagte Ludwig und zog aus seiner Tasche auch den zweiten Ring hervor, der perfekt zu Lindas passte. Die Schlichtheit der Ringe spiegelte ihre gemeinsame Reise wider: Keine unnötigen Schnörkel, aber von beständiger Schönheit.

Der Priester trat an den Altar, seine Stimme warm und getragen. „Liebe Linda, lieber Ludwig, es ist mir eine Ehre, euch heute hier in der Kapelle zu vereinen. Die Liebe ist ein Geschenk, das keine Zeit kennt, und ihr beide seid ein lebendiges Beispiel dafür."

Linda hielt Ludwigs Hände fest in ihren, während der Priester fortfuhr. „Ludwig Bosch, möchtest du Linda zu deiner rechtmäßig angetrauten Ehefrau nehmen, sie lieben und achten, in guten wie in schlechten Zeiten, bis der Tod euch scheidet?"

Ludwig sah Linda tief in die Augen, sein Blick voller Zuneigung. „Ja, ich will", antwortete er mit fester Stimme.

Der Priester wandte sich Linda zu. „Linda, möchtest du Ludwig zu deinem rechtmäßig angetrauten

Ehemann nehmen, ihn

Linda, möchtest du Ludwig zu deinem rechtmäßig angetrauten Ehemann nehmen, ihn lieben und achten, in guten wie in schlechten Zeiten, bis der Tod euch scheidet?"

Linda sah Ludwig an, ihre Augen glänzten vor Tränen. Ihre Stimme war warm und von Emotionen getragen, als sie sagte: „Ja, ich will – von ganzem Herzen."

Ein leises Raunen der Ministranten, die hinten in der Kapelle standen, und das Flüstern des Windes, der durch die Ritzen der alten Holztür drang, schienen die Worte zu unterstreichen. Der Priester lächelte milde. „Dann tauscht nun eure Ringe als Zeichen eurer Liebe und Verbundenheit."

Ludwig nahm Lindas Hand in die seine, während er ihr den Ring über den zarten Finger schob. „Dieser Ring", sagte er, „ist mehr als ein Symbol. Er ist ein Versprechen – dass ich für immer an deiner Seite stehen werde."

Linda zögerte einen Moment, als sie den Ring nahm. Ihre Hände zitterten vor Rührung, doch sie hielt Ludwigs Blick fest. „Dieser Ring", begann sie, ihre Stimme sanft, „steht für die zweite Chance, die wir uns gegeben haben. Für die Liebe, die über die Zeit hinweg bestehen blieb. Und für die Zukunft, die wir gemeinsam gestalten werden."

Sie schob den Ring über Ludwigs Finger, und in diesem Moment schien die Kapelle von einer warmen, ungreifbaren Energie erfüllt zu sein. Der Priester legte seine Hände über die ihren und sprach den Segen. „Ich erkläre euch hiermit zu Mann und Frau. Möge eure Liebe so beständig sein wie diese Berge, die euch umgeben."

Ludwig zog Linda sanft zu sich, und sie küssten sich zärtlich, während die Ministranten freudig Blumenblüten um sie streuten. Draußen schien die Sonne heller als je zuvor, und als sie die Kapelle verließen, empfing sie die frische Bergluft mit einem Hauch von Wildblumen.

Ludwig hielt Lindas Hand fest, als sie den Pfad hinuntergingen. „Das war perfekt", sagte er leise.

„Besser hätte ich es mir nicht erträumen können", antwortete Linda, ihre Stimme voller Dankbarkeit.

Doch Ludwig hielt plötzlich inne. „Warte einen Moment." Er zog sie sanft in eine kleine Lichtung, umgeben von Blumen und dem

„Linda, das hier ist der Ort, an dem ich dir vor Jahren zum ersten Mal gesagt habe, wie wichtig du mir bist", begann Ludwig und blickte ihr tief in die Augen. „Damals war ich zu jung, zu ungeduldig, und ich habe nicht erkannt, wie besonders du bist. Aber heute, nach allem, was wir gemeinsam durchlebt haben, weiß ich es: Du bist meine große Liebe, mein

Zuhause. Und ich verspreche dir, dass ich jeden Tag alles tun werde, damit du das fühlst."

Linda spürte, wie ihr die Tränen über die Wangen liefen. Sie legte ihre Hände an Ludwigs Gesicht und lächelte durch die Tränen hindurch. „Ludwig, ich hätte nie gedacht, dass das Leben uns diese zweite Chance gibt. Aber jetzt, wo wir sie haben, werde ich sie nicht loslassen. Du bist mein Halt, mein bester Freund und mein Herz. Und ich werde immer an deiner Seite stehen."

Ludwig beugte sich vor und küsste sie, sanft, aber voller Bedeutung. Die Zeit schien stillzustehen, und alles um sie herum wurde unwichtig. Nur sie beide zählten in diesem Moment.

„Was hältst du davon, wenn wir diesen Moment mit einem kleinen Abenteuer feiern?" fragte Ludwig und deutete auf einen schmalen Weg, der durch die Blumenwiese führte und sich an einem plätschernden Bach entlangzog.

Linda lachte, ihre Augen funkelten vor Freude. „Ein Abenteuer? Mit dir bin ich dabei – immer!"

Sie folgten dem Pfad, der sie zu einer malerischen Lichtung führte. In der Mitte stand eine alte Holzbank, die von wilden Blumen umgeben war. Der Bach glitzerte in der Sonne, und die Geräusche der Natur schienen ein leises Lied für die frisch Vermählten zu spielen. Ludwig zog eine kleine Decke aus seinem Rucksack und breitete sie auf der Bank aus. Dann zauberte er eine Flasche Sekt und zwei Gläser hervor.

„Du bist wirklich gut vorbereitet", bemerkte Linda schmunzelnd und setzte sich neben ihn.

„Nur das Beste für meine Frau", antwortete Ludwig und öffnete die Flasche mit einem eleganten Schwung.

Die beiden stießen an, ihre Gläser klirrten leise. „Auf uns", sagte Linda. „Und darauf, dass wir nie wieder getrennte Wege gehen."

„Auf uns", wiederholte Ludwig, bevor sie beide einen Schluck nahmen. „Und auf all die Abenteuer, die noch vor uns liegen."

Die Sonne wanderte langsam gen Horizont und tauchte die Berge in ein warmes, goldenes Licht. Sie saßen eng aneinander geschmiegt und sprachen über ihre Zukunftspläne. „Ich möchte, dass wir diese Zeit genießen, ohne Verpflichtungen, ohne Stress", sagte Linda. „Vielleicht reisen wir ein bisschen. Die Welt wartet auf uns."

Ludwig nickte. „Das klingt perfekt. Aber ich verspreche dir auch, dass wir immer einen Ort haben werden, an den wir zurückkehren können – unseren sicheren Hafen."

44. Zurück in die Realität

Nach diesem unvergesslichen Moment in den Bergen kehrten sie nach Hause zurück, wo bereits eine Überraschung auf sie wartete. Michael hatte die Nachricht von ihrer spontanen Hochzeit im Betrieb verbreitet und eine Feier organisiert. Als Ludwig und Linda die Tür zum Firmensaal öffneten, wurden sie von einem Meer aus Applaus und jubelnden Stimmen empfangen.

„Überraschung!" rief Michael, als er auf seine Eltern zutrat. Er hielt eine kleine Torte in den Händen, auf der die Worte „Herzlichen Glückwunsch, Ludwig und Linda!" in goldener Schrift prangten.

Linda schüttelte lachend den Kopf. „Ihr habt das alles so schnell organisiert?"

„Natürlich", antwortete Michael. „Ihr habt es verdient. Und es gibt noch mehr Neuigkeiten." Er zog Jeanette an seine Seite, die vor Glück strahlte. „Ihr werdet bald Großeltern – Jeanette ist schwanger!"

Linda schlug die Hände vor den Mund, ihre Augen füllten sich mit Tränen der Freude. „Das ist die schönste Nachricht, die wir uns wünschen konnten", sagte sie und umarmte Jeanette fest.

„Ein neues Kapitel beginnt für uns alle", fügte Ludwig hinzu und legte seinen Arm um Linda. „Und ich könnte nicht glücklicher sein, als dieses Kapitel an deiner Seite zu schreiben."

Die Feier dauerte bis spät in die Nacht, gefüllt mit Lachen, Geschichten und Tanz.

„Auf ein neues Kapitel", sagte Ludwig und küsste Linda sanft auf die Stirn.

„Auf uns", flüsterte sie zurück.

Die Gäste applaudierten erneut, und Michael trat vor, umarmte seine Eltern und flüsterte: „Ihr seid das beste Beispiel dafür, dass es nie zu spät ist, für das Glück zu kämpfen."

Ludwig lächelte und klopfte ihm auf die Schulter. „Und du, mein Junge, bist der Beweis, dass es sich lohnt."

In diesem Moment, umgeben von Familie und Freunden, fühlte sich das Leben für Linda und Ludwig endlich vollkommen an – ein Happy End, das sie sich beide mehr als verdient hatten.

Die Menge stimmte in einen fröhlichen Hochruf ein, und Ludwig zog Linda sanft zu sich, während er die Menge betrachtete. „Ich bin sprachlos", flüsterte Linda und lächelte zu Ludwig hinauf. „Sie haben das alles für uns gemacht."

„Wir haben es uns verdient", antwortete Ludwig und küsste sie zärtlich auf die Stirn.

Nach dem Toast wurde das Buffet eröffnet, und die Feier nahm ihren Lauf. Es wurde gelacht, getanzt und angestoßen, während Ludwig und Linda den Abend in vollen Zügen genossen. Michael und Jeanette hatten jedoch noch eine besondere Überraschung vorbereitet. Sie baten um Ruhe, und Michael trat erneut nach vorne.Als sie den Betrieb betraten, empfing sie tosender Applaus. Rote Rosen und weiße Lilien schmückten den Raum, und über der Eingangstür hing ein großes Banner: **„Herzlichen Glückwunsch, Ludwig und Linda!"**

„Was ist das?" flüsterte Linda, überwältigt von der Überraschung.

Michael trat mit einem Glas Sekt in der Hand nach vorne. „Liebe Eltern, ihr habt uns gezeigt, dass es nie zu spät ist, die wahre Liebe zu finden. Auf euch und euren neuen Lebensabschnitt!"

„Auf uns", sagte Ludwig, seine Stimme vor Emotionen belegt, während er Lindas Hand hielt. „Das hätten wir nie erwartet. Danke."

Die Feier nahm ihren Lauf, doch Michael und Jeanette hatten noch eine weitere Überraschung vorbereitet. „Bevor wir den Abend beschließen", begann Michael, „möchten Jeanette und ich etwas verkünden. Ihr werdet Großeltern!"

Linda stieß einen überraschten Schrei aus. „Was? Das ist... das ist wunderbar!" Sie umarmte Michael und

Jeanette abwechselnd. „Ein Enkelkind! Oh, Ludwig, hast du das gehört?"

„Und ob", sagte Ludwig, während er Michael die Hand drückte. „Das ist die beste Nachricht überhaupt."

Die Menge brach in Jubel aus, und Linda konnte ihre Tränen vor Freude nicht zurückhalten. „Ein Enkelkind!" rief sie begeistert und umarmte sowohl Michael als auch Jeanette. Ludwig klopfte seinem Sohn stolz auf die Schulter, ein breites Lächeln auf seinem Gesicht.

„Du machst mich zum glücklichsten Mann der Welt", sagte er leise, doch seine Worte waren von aufrichtiger Rührung durchdrungen.

Die Feier dauerte bis in die späten Abendstunden.

Ludwig vergaß trotz seines geschäftigen Lebens nie, Linda jeden Tag aufs Neue zu überraschen und Zeit mit ihr zu verbringen. Ihre Liebe blühte wie ein zarter Frühlingszweig, der unerwartet in voller Pracht erstrahlte. Jeden Abend, nach ihren gefeierten Theaterauftritten, stand Ludwig in der Garderobe und überreichte ihr eine einzelne Rose. „Für die schönste Frau, die ich je gesehen habe", sagte er mit einem warmen Lächeln.

„Du übertreibst, Ludwig", erwiderte Linda lachend, ihre Augen jedoch voller Zuneigung. „Aber es tut gut, es zu hören."

Die beiden genossen jede Sekunde, die sie zusammen verbringen konnten. Sie unternahmen lange Spaziergänge im Park, besuchten Galerien und genossen das Leben, als hätten sie keine Vergangenheit, sondern nur eine strahlende Gegenwart.

Die Feierlichkeiten im Firmensaal hinterließen bei allen Anwesenden einen bleibenden Eindruck. Die Mitarbeiter, Freunde und Familie spürten die tiefe Verbundenheit zwischen Ludwig und Linda, die in jedem Blick und jeder Geste spürbar war. Das frisch vermählte Paar verabschiedete sich schließlich, voller Dankbarkeit für die Überraschung und die warmherzige Unterstützung, die sie von ihrer Umgebung erfahren hatten.

Als Ludwig und Linda spät in der Nacht Hand in Hand nach Hause fuhren, herrschte eine angenehme Stille zwischen ihnen. Der Mond schien durch die Autofenster, und die Straßen waren menschenleer. Linda lehnte sich an Ludwigs Schulter und flüsterte: „Das war ein perfekter Tag. Danke, dass du mein Leben wieder mit Liebe gefüllt hast."

Ludwig legte seine Hand auf ihre. „Danke, dass du mir eine zweite Chance gegeben hast. Ich verspreche dir, dass wir die Zeit, die wir haben, in vollen Zügen genießen werden."

Die folgenden Monate waren geprägt von kleinen, besonderen Momenten. Ludwig und Linda unternahmen ausgedehnte Reisen – von den warmen Stränden der Karibik bis zu den verwunschenen Schlössern Schottlands. Doch trotz aller Abenteuer war es für beide das Schönste, die tiefe Liebe, die sie füreinander empfanden und ihre Familie.

45. Ein erfülltes Leben

Michael und Jeanette, die mit der Führung des Familienbetriebs zunehmend an Verantwortung gewannen, schätzten die Unterstützung von Ludwig und Linda. Während Michael die Expansion der Firma vorantrieb, kümmerte sich Jeanette liebevoll um ihre Kinder Robert und Ilse und fand dennoch Zeit, Michael beratend zur Seite zu stehen. Linda und Ludwig genossen ihre Rolle als Großeltern, besonders als Robert begann, neugierig Fragen zu stellen, und Ilse mit ihrem Lächeln alle verzauberte.

„Opa, kannst du mir zeigen, wie man eine Maschine baut?" fragte Robert eines Nachmittags mit großen Augen, als er Ludwig in der Werkstatt half. Ludwig lachte herzlich. „Vielleicht erfinden wir gemeinsam etwas ganz Neues, mein Junge."

Linda war oft mit Ilse beschäftigt, die begeistert mit Puppen spielte oder kleine Geschichten erfand. „Oma, kannst du mir eine Geschichte vorlesen?" bat sie und kuschelte sich in Lindas Arme. Linda, die das kleine Mädchen mit einem warmen Lächeln ansah, flüsterte: „Natürlich, meine Kleine. Aber vielleicht schreiben wir eines Tages zusammen unsere eigene Geschichte."

Mit den Jahren wuchs die Familie Bosch weiter zusammen. Die Firma florierte, die Kinder wuchsen heran, und Linda und Ludwig fanden in ihrem Alltag immer wieder neue Freuden. Sie unterstützten sich gegenseitig, erlebten kleine Abenteuer und bauten ihre Beziehung weiter aus. Die Narben der Vergangenheit waren zu Erinnerungen geworden, die sie gelehrt hatten, das Leben zu schätzen.

An einem Sommerabend, viele Jahre später, saßen Linda und Ludwig auf ihrer Terrasse, eingehüllt in warme Decken. Die Sonne ging langsam unter und tauchte die Landschaft in ein goldenes Licht. Linda legte ihre Hand auf Ludwigs. „Wir haben ein gutes Leben geführt, findest du nicht?"

Ludwig drückte ihre Hand und nickte. „Das beste Leben. Und das alles, weil wir den Mut hatten, einen neuen Anfang zu wagen."

Sie sahen sich an, und in diesem Moment schien die Welt stillzustehen. Zwei Menschen, die sich trotz aller Herausforderungen gefunden hatten, genossen die Früchte ihrer Liebe – eine Liebe, die über die Jahre nur stärker geworden war.

46. Ein glückliches Leben

In den folgenden Monaten genossen Linda und Ludwig ihre neue Rolle als Großeltern in vollen Zügen. „Du bist ein Naturtalent", sagte Linda eines Tages zu Ludwig, als er den kleinen Robert durch den Park schob und dabei unermüdlich Teddys aufsammelte, die der Kleine aus dem Wagen warf.

„Und du bist die beste Oma, die er sich wünschen könnte", entgegnete Ludwig, bevor er Linda einen Kuss auf die Stirn gab.

Ihre Liebe wuchs mit jedem Tag, und das Leben, das sie zusammen aufgebaut hatten, wurde zu einem Zeugnis dafür, dass es nie zu spät ist, glücklich zu sein.

„Ludwig, du wirst noch den ganzen Tag Teddy-Sammler spielen müssen", lachte Linda, als sie beobachtete, wie Ludwig den Stoffbären zum dritten Mal vom Boden aufhob.

„Das macht mir nichts aus", erwiderte Ludwig mit einem breiten Grinsen. „Für meinen Enkel tue ich alles. Außerdem macht es Spaß, ihn so fröhlich zu sehen."

Robert juchzte, als hätte er verstanden, und winkte mit seinen kleinen, speckigen Händen, während seine Großeltern ihn weiter durch den Park schoben. Die gemeinsamen Spaziergänge mit Robert waren für Linda und Ludwig zu einem geliebten Ritual geworden.

„Er hat deine Augen", bemerkte Linda und sah liebevoll auf das kleine Gesicht hinab.

„Und deinen Lächeln", ergänzte Ludwig, während er die Decke im Kinderwagen zurechtrückte.

In den folgenden fünf Jahren wurde die Familie Bosch um ein weiteres Mitglied reicher: Roberts kleine Schwester Ilse erblickte das Licht der Welt. Mit zwei Enkelkindern war das Glück von Linda und Ludwig perfekt.

Linda hatte in dieser Zeit ihre Engagements im Theater drastisch reduziert. „Ich spiele jetzt die Hauptrolle in einer anderen Produktion: Großmutter zu sein", erklärte sie lachend, wenn sie auf ihre Entscheidung angesprochen wurde. Statt auf der Bühne zu stehen, widmete sie ihre Zeit mit Freude und Hingabe den Enkeln. Die verpasste Zeit mit ihrem eigenen Sohn Michael schien sie jetzt doppelt wettmachen zu wollen.

„Weißt du, Mama", sagte Michael eines Tages zu ihr, als sie zusammen in der Küche standen und Kuchen für Roberts Geburtstag backten, „du bist eine großartige Oma. Ich wünschte, wir hätten früher diese Nähe gehabt."

Linda hielt für einen Moment inne und sah ihren Sohn liebevoll an. „Ich habe damals viele Fehler gemacht, Michael. Aber du hast mir die Chance gegeben, es jetzt besser zu machen. Dafür bin ich dir unendlich dankbar."

Michael drückte ihre Hand. „Du hast das Beste daraus gemacht, Mama. Und das ist alles, was zählt."

Jeanette war ebenfalls dankbar für die Unterstützung ihrer Schwiegereltern. „Es ist ein Segen, euch in der Nähe zu haben", sagte sie oft, wenn Linda und Ludwig die Kinder zum Babysitten abholten. „Ihr seid nicht nur Großeltern, sondern ein Teil unseres Alltags."

Währenddessen hatte Michael den Betrieb seiner Familie erfolgreich erweitert. Mit einer neuen Werkhalle verdoppelte er die Produktion, und die Umsätze stiegen innerhalb von fünf Jahren auf ein Rekordniveau. Ludwig war sichtlich stolz auf seinen Sohn. „Du hast das Unternehmen besser gemacht, als ich es je hätte tun können", sagte er eines Abends bei einem Glas Wein. „Ich bin glücklich zu sehen, dass es in guten Händen ist."

Die Töchter von Ludwig lebten inzwischen in Karlsruhe und Mannheim, während Jeanette und Michael ihre Familie in Berlin vergrößerten. Linda und Ludwig genossen die wachsende Nähe zu ihren Enkelkindern und unterstützten, wo sie konnten.

47. Eine erfolgreiche Zukunft

Jeanette war ebenfalls dankbar für die Unterstützung ihrer Schwiegereltern. „Es ist ein Segen, euch in der Nähe zu haben", sagte sie oft, wenn Linda und Ludwig die Kinder zum Babysitten abholten. „Ihr seid nicht nur Großeltern, sondern ein fester Teil unseres Alltags."

Unterdessen hatte Michael den Betrieb erfolgreich erweitert. Mit der neuen Werkhalle, die er nach der Hochzeit gebaut hatte, verdoppelte er die Produktion. Innerhalb von fünf Jahren erreichte das Unternehmen Bosch Rekordumsätze. Ludwig war stolz auf seinen Sohn und sagte eines Abends zu ihm: „Du hast den Betrieb besser gemacht, als ich es je hätte tun können. Ich bin so glücklich, dass es in guten Händen ist."

Die Töchter von Ludwig hatten inzwischen ihr eigenes Leben in Karlsruhe und Mannheim, während Michael und Jeanette ihre Familie in Berlin aufbauten. Linda und Ludwig genossen die Nähe zu ihren Enkeln und unterstützten, wo sie konnten. Linda fand ihre späte Berufung in der Familie, und Ludwig widmete sich in seinem Ruhestand der Förderung junger Talente im Betrieb.

Linda und Ludwig lebten ihre Tage in inniger Liebe und Harmonie. Sie hatten sich durch die

Herausforderungen ihres Lebens gekämpft und gelernt, was wirklich zählte: Zeit, Zuneigung und Vertrauen. Ihre Enkel, Robert und Ilse, waren der Mittelpunkt ihrer Welt.

„Weißt du, Liebes", sagte Ludwig eines Abends zu Linda, als sie zusammen auf der Terrasse saßen und den Sonnenuntergang betrachteten, „manchmal denke ich, wir haben unser Glück auf Umwegen gefunden. Aber vielleicht war es genau richtig so."

Linda lächelte und legte ihre Hand auf seine. „Ja, Ludwig. Besser spät als nie."

In dieser friedvollen Einsicht lebten sie ihre späten Jahre, umgeben von einer Familie, die durch Liebe, Vergebung und Zusammenhalt gestärkt wurde.

Eines Abends saßen Linda und Ludwig saßen Hand in Hand vor dem Bildschirm. „Es ist ein Wunder", sagte Linda leise. „Eine neue Ära beginnt."
Ein Jahr später, am 3. Oktober 1990, feierte Deutschland die Wiedervereinigung. Für Michael und Jeanette war es ein Jahr der Veränderungen. Michael erweiterte den Betrieb weiter, eröffnete neue Standorte und baute die Firma Bosch zu einer Weltmarke aus. Jeanette, inzwischen Mutter von zwei Kindern, unterstützte ihn dabei, indem sie die Familie zusammenhielt und ihn mit kluger Weitsicht beriet.

Linda und Ludwig waren stolze Großeltern und genossen jede Minute mit ihren Enkeln Robert und

Ilse. Robert, ein aufgeweckter Junge mit einem Faible für Technik, liebte es, mit Ludwig in der Werkstatt zu basteln. „Opa, kannst du mir zeigen, wie das funktioniert?" fragte er eines Tages und zeigte auf eine alte Maschine. „Natürlich, mein Junge", antwortete Ludwig lächelnd. „Vielleicht wirst du eines Tages etwas noch Größeres erfinden."

Ilse, die Jüngere, war ein kreativer Freigeist. Sie liebte es, mit Linda Geschichten zu erfinden und kleine Theaterstücke aufzuführen. „Oma, schau mal, ich habe ein Drehbuch geschrieben!" rief sie aufgeregt. Linda las es aufmerksam durch und drückte ihre Enkelin stolz an sich. „Du hast Talent, meine Kleine. Vielleicht trittst du eines Tages in meine Fußstapfen."

48. Ein vereintes Leben

Die Abendnachrichten flimmerten über den Bildschirm, während Linda und Ludwig in ihrem gemütlichen Wohnzimmer auf dem Sofa saßen. Die Bilder von jubelnden Menschen, die auf der Berliner Mauer tanzten, zogen sie in ihren Bann. Der Fall der Mauer hatte ganz Deutschland in Aufruhr versetzt, und für die beiden war es ein emotionaler Moment.

„Es ist ein Wunder", flüsterte Linda und drückte Ludwigs Hand. „Eine Grenze, die uns so lange getrennt hat, fällt endlich. Was das wohl für all die Menschen bedeutet?"

Ludwig nickte nachdenklich. „Es ist eine Chance für einen Neuanfang – für Deutschland und für uns alle. Weißt du, Linda, manchmal denke ich, dass unser Leben auch so eine Reise war. Wir haben Hindernisse überwunden und am Ende das Glück gefunden."

Linda lächelte zärtlich und lehnte ihren Kopf an seine Schulter. „Und vielleicht beginnt auch für unsere Enkel eine neue Ära voller Möglichkeiten."

Am 3. Oktober 1990, feierte Deutschland die Wiedervereinigung. Für die Familie Bosch war es ein Jahr der Veränderungen. Michael hatte den Betrieb weiter ausgebaut, neue Standorte eröffnet und die Firma Bosch zu einer Weltmarke gemacht. Jeanette, inzwischen Mutter von zwei lebhaften Kindern, unterstützte ihn tatkräftig und hielt die Familie mit ihrer klugen Art zusammen.

„Papa, schau mal, was ich gebaut habe!" rief Robert eines Nachmittags stolz, während er eine kleine Holzmaschine in Ludwigs Werkstatt zeigte.

Ludwig beugte sich hinunter und betrachtete das Werk mit Kennerblick. „Nicht schlecht, mein Junge! Wenn du so weitermachst, wirst du vielleicht

„Wirklich?" fragte Robert, seine Augen leuchteten vor Begeisterung.

„Aber natürlich! Jeder große Erfinder hat klein angefangen. Und wer weiß, vielleicht wirst du sogar noch besser als dein Opa", meinte Ludwig augenzwinkernd.

Robert grinste breit und schnappte sich den Schraubenzieher, um an seiner kleinen Maschine weiterzuarbeiten. Linda trat in die Werkstatt und betrachtete die Szene mit einem warmen Lächeln. „Ludwig, du gibst ihm nicht etwa schon schwierige Projekte, oder?"

„Nur ein bisschen Inspiration", antwortete Ludwig unschuldig und drückte ihr einen Kuss auf die Stirn. „Und was treibt unsere kleine Künstlerin gerade?"

49. Die kreative Enkelin

Ilse stürmte ins Zimmer, ein Notizbuch fest an ihre Brust gedrückt. „Oma, schau mal, ich habe ein neues Drehbuch geschrieben!" rief sie aufgeregt und wedelte mit den Seiten.

Linda nahm das Buch entgegen und begann, die ersten Zeilen laut vorzulesen. „'Die Abenteuer von Ilse und ihrem mutigen Teddy.' Klingt nach einem Hit, meine Kleine."

„Du denkst wirklich, ich kann eines Tages so gut sein wie du?" fragte Ilse, ihre Augen strahlten vor Erwartung.

„Oh, da bin ich mir sicher. Du hast die Fantasie und das Herz dafür. Vielleicht übertriffst du mich sogar", antwortete Linda und zog Ilse in eine herzliche Umarmung.

„Vielleicht könnten wir das Stück bei unserem nächsten Familienfest aufführen!" schlug Ludwig vor. „Ich helfe bei den Kulissen, und Robert sorgt für die Technik."

„Das wäre toll!" riefen die Kinder im Chor.

Während die Kinder mit ihren Projekten beschäftigt waren, saßen Linda und Ludwig am Abend zusammen und blickten auf ihre erfüllte Lebensreise zurück. „Weißt du, Ludwig", begann Linda, „wenn ich an früher denke, an all die Fehler, die ich gemacht habe … hätte ich niemals gedacht, dass ich so viel Liebe und Frieden finden würde."

Ludwig nahm ihre Hand und sah sie mit seinen vertrauten, liebevollen Augen an. „Es ist nie zu spät, Linda. Unsere zweite Chance war das Beste, was uns passieren konnte."

In diesem Moment kam Michael herein, ein Glas Sekt in der Hand, gefolgt von Jeanette. „Eine Überraschung für euch beide!" verkündete er. „Wir wollten euch danken – für alles, was ihr für uns und unsere Kinder getan habt."

Jeanette fügte hinzu: „Ihr seid die besten Großeltern, die man sich wünschen kann."

50. Glück

Die Jahre vergingen, und Linda und Ludwig genossen jeden Moment mit ihrer Familie. Robert entwickelte tatsächlich eine Leidenschaft für Technik und baute später als Ingenieur innovative Maschinen. Ilse folgte ihrer kreativen Ader und wurde eine erfolgreiche Drehbuchautorin. Michael und Jeanette führten die Firma Bosch weiter und machten sie zu einem globalen Erfolg.

In der kleinen Kapelle, in der sie einst spontan heirateten, fand eine bewegende Gedenkfeier statt. Die Kinder und Enkel erinnerten sich an die Momente der Freude, die sie gemeinsam geteilt hatten. Und so blieb die Liebe von Linda und Ludwig – warmherzig, vertrauensvoll und stark – ein leuchtendes Vorbild für alle Generationen der Familie Bosch.

Ludwig, inzwischen 85 Jahre alt, übergab die Firma endgültig in die Hände seines Sohnes Michael. Mit einem festen Händedruck und Tränen in den Augen sagte er: „Du hast den Betrieb in eine glänzende Zukunft geführt, mein Junge. Ich bin so stolz auf dich."

„Danke, Vater", antwortete Michael bewegt. „Ohne deine Weisheit und Unterstützung wäre das nicht möglich gewesen."

Kurz darauf starb Ludwig friedlich in seinem Schlaf, umgeben von seiner Familie. Zwei Wochen später folgte ihm Linda, die ohne ihren geliebten Ludwig nicht mehr leben wollte. Ihre Kinder und Enkel verabschiedeten sich von ihnen mit einem letzten gemeinsamen Lied, das Ludwig und Linda immer geliebt hatten.

Die Firma Bosch blühte weiter auf. Robert, inspiriert von seinem Großvater, wurde Ingenieur und führte das Unternehmen in eine neue Ära der Innovation. Seine Erfindungen brachten die Firma auf den internationalen Markt, und er gründete eine Stiftung, die sich für Bildung und technische Innovation einsetzte.

Michael und Jeanette lebten ein erfülltes Leben, sahen ihre Kinder heranwachsen und erlebten mit Freude, wie das Vermächtnis der Familie weitergetragen wurde. Am Ende ihrer Tage blickten sie auf eine Geschichte voller Höhen und Tiefen zurück – eine Geschichte, die von Liebe, Vergebung und dem unerschütterlichen Glauben an eine bessere Zukunft geprägt war.

Anmerkung: Die politischen und wirtschaftlichen Ereignisse basieren auf historischen Tatsachen, während die Geschichte der Familie Bosch rein fiktiv ist. Sie dient als Hommage an die Werte von Familie, Zusammenhalt und die Möglichkeiten, die sich aus Herausforderungen ergeben können.